U0919086

文学与文化创意产业

孙玮志　著

新 华 出 版 社

图书在版编目（CIP）数据

文学与文化创意产业 / 孙玮志著 . -- 北京 : 新华出版社 , 2019.4

ISBN 978-7-5166-4559-8

Ⅰ . ①文… Ⅱ . ①孙… Ⅲ . ①文学 – 关系 – 文化产业 – 研究 Ⅳ .
① I0 ② G114

中国版本图书馆 CIP 数据核字 (2019) 第 060874 号

文学与文化创意产业

责任编辑：唐波勇　　**封面设计：**优盛文化

出版发行：新华出版社
地　　址：北京石景山区京原路 8 号　　**邮　　编：**100040
网　　址：http://www.xinhuapub.com
经　　销：新华书店、新华出版社天猫旗舰店、京东旗舰店及各大网店
购书热线：010-63077122　　**中国新闻书店购书热线：**010-63072012

照　　排：优盛文化
印　　刷：定州启航印刷有限公司
成品尺寸：140mm × 210mm
印　　张：7.25　　**字　　数：**180 千字
版　　次：2019 年 4 月第一版　　**印　　次：**2019 年 4 月第一次印刷
书　　号：ISBN 978-7-5166-4559-8
定　　价：49.00 元

前　言

文化创意产业，是一种在经济全球化背景下产生的以创造力为核心的新兴产业，强调一种主体文化或文化因素依靠个人（团队）通过技术、创意和产业化的方式开发、营销知识产权的行业。其主要形态包括动漫、电影电视、音像、传媒、视觉艺术、表演艺术、工艺与设计、雕塑、环境艺术、广告装潢、服装设计等。近年来，我国在文化创意产业方面的投入不断加大，文化创意产业获得了蓬勃有序的发展。中国要强化软实力的建设和软实力的传播，势必要重视文化创意产业的持续健康发展。

文化创意产业要获得持久健康的发展，一定要有好的创意和充实的内容。文学是极富创作力的学科，文学创作的过程本身就是极富创意的：一部文学作品若没有创意，恐怕就很难取得成功。可以说，文学创作本身就是极富创意的思维过程，文学的很多思维形式大多能够被文化创意产业吸收和借鉴。同时，文学作品可以为文化创意产业提供非常丰富且优质的内容资源。事实证明，有太多的影视剧、网络游戏、视觉艺术等都取材于文学作品。深入发掘文学创作与文化创意产业之间的联系，深入研究文学活动与文化创意产业之间的互动关系，将会为文学和文化创意产业的发展提供有益的助力。总而言之，文学很有希望为文化创意产业提供强有力的理论、创作和内容支撑。

同时，文化创意产业的发展，事实上也对文学的生态、文学的既有形式造成很大的冲击与影响。在文化创意产业迅猛发展的背景下，文学该以怎样的形式来寻求自身的演进与发展，这也是值得探寻的文学理论问题。

本书结合作者多年的研究成果，分析和阐释了文学和文化创意产业的关系、文学在文化创意产业中的运用、文化创意产业对文学的影响、文学与电影、文学与雕塑、文学与音乐、文学与体育文化产业等诸多方面的内容，并探讨和揭示了文化创意产业背景下的文学生态以及文学对文化创意产业的影响与潜能。

目 录

第1章　中国古代文学与文化创意产业的关系

文化创意产业是典型的低碳经济，具有生态增值、创新驱动等优点和功能，对环境保护和发掘新的经济增长点具有非常重要的意义。在我国的经济社会领域中，文化创意产业的地位日益提升。国家在制定“十二五”发展规划时，明确指出把文化创意产业作为国民经济支柱性产业、新兴战略性产业加以大力发展，希望通过文化创意产业的发展有力地带动我国产业结构的调整与经济发展方式的转型，借助文化创意产业来实现繁荣中华文化、推动中国文化走出去的综合目的。反观近十年来的发展，我国的文化创意产业已经有了长足进步，北京、上海、广州、深圳等地的文化创意产业已初具规模，形成了良好的发展态势。但总的来看，我国的文化创意产业的发展水平仍然偏低，难以形成具有中国特色的文化创意产业品牌。

一个国家的历史文化是文化创意产业赖以生存和发展的基本条件，同时是发展文化创意产业的重要资源。文化创意产业的发展，应该植根于本土文化，充分且合理地运用传统文化元素，将其有效地融合和渗透在文化产品和文化服务当中，力争在传统与现代的碰撞中创造优秀的创意产品和文化品牌。唯有如此，才能真正形成具有民族特色的核心竞争力。从这一意义来讲，推动文化创意产业发展，提升文化产业层次，需要充分发挥优秀传统文化的作用。

源远流长的中华文明，有着博大精深的传统文化。我们完全有望由文化资源大国转变为文化创意产业大国，而要实现这一目标，就应该把优秀传统文化资源转化为文化生产力，把潜在的文化影响力转化为现实的文化影响力。文化创意产业的发展也证明，只有保持自身鲜明的特色和具有核心优势的文化，才能让文化创意产业产生强大的生命力和市场竞争力。所以，把握好自己的文化特色，继承和弘扬优秀传统文化，是我国发展文化生产力、强化文化竞争力的先决条件和基础，也是发展文化创意产业的迫切需要。中国古典文学是中华历史文化的重要组成部分，要进一步提高我国文化创意产业的发展水平，应充分考虑中国古典文学在文化创意产业中的位置与作用。

文化创意产业倡导“内容为王”。所谓“内容为王”，意指创意、信息、节目、故事、活动安排以及各种文化艺术的表现内容构成了文化创意产业的核心，对文化产品和服务的附加值起着决定性作用。故事是文化创意产业的重要原材料，动人的故事可以催生巨大的产业增值的价值链：故事可以改编成影视、游戏作品，可以出版图书，可以艺术授权，还可以开发主题公园和玩具等。近几年享誉全球的《哈利·波特》就是一个成功的文学故事，它成了近些年来西方文化创意产业增值的重要价值源泉。而类似《哈利·波特》这样的精彩故事，在中国文学经典中并不少见。而且，中国的经典故事历经岁月的洗礼，有着强大的生命力，很多都具有国际影响力。然而，反观中国文化创意产业的现实，显然没有多少文化产品让人追逐和迷恋。多年的文化创意产业实践表明，中国不乏故事，也不乏经典的好故事，但是缺乏将经典故事转化为文化创意产业资源的能力。

文学艺术是文化创意产业的原创地，对具有原创意义或经典的文学作品进行产业化开发，有望生发一条可观的文化创意产业道路。很多时候，我们对开发文学资源的认识不足，仅仅把文学作品看作是精神产品，而忽视文学作品转化为文化创意产业资源的潜在商业价值，缺乏对文学作品进行产业开发的意识。而事实上，文学在经济社会中走向文化创意产业，尤其是将经典的中国古代文学元素引入文化创意产业，不论是对文化创意产业的发展还是文学自身，都具有重要的意义。文学与文化创意产业的对接，有望形成一种双赢的格局。

1.1 为文化创意产业的发展提供丰富的资源和养料

文化创意产业是精神生产的凝聚形态，其最大的特点就是将文化、科技、经济、教育等因素融为一体，生产出既具有物质意义又具有精神内涵的产品或服务。文学作为艺术的母体具有为文化创意产业提供丰富的精神和智力资源的能力，理解和挖掘文学资源，尤其是经典文学资源，有助于为文化创意产业的发展提供丰富的营养。从长远来看，按照文化产业化的路子再造文学经典作品，会形成一个具有巨大发展潜力的可持续再造的产业链或产业群。

从商品营销的角度来看，今天是一个讲究“品牌至尊”的时代，人们在购买产品时，品牌成了一个重要的甚至是起着决定性作用的因素，文化产品也不例外。因此，就文化产品的开发而言，由于经典作品有着很高的知名度，是一种“品牌产品”，而且很多经典是头顶着“神圣光环”的“名牌”，因而比非经典作品会显现出更大的优势，更具有商业开发价值。当代著名哲学家彼得科斯洛夫斯基曾感言：“在一个技术文化高度发达的社会，专业知识的革命和知识老化的加速，突然使陈古的东西重新获得意义，因为这些东西是古旧的，它们处于变革过程的彼岸。人们又去读古典，因为非古典的东西总是转瞬即逝。正如在商品市场一样，在哲学、文学及艺术中，新的东西越多、越繁杂，品牌、名牌就越重要。”❶

文学经典所具有的“品牌效应”，即商业开发价值，至少可以从两个方面来解读。

首先，文学经典具有“明星效应”，能够有力争夺公众的注意力。今天的经济形态，可以说是一种“注意力经济”，

---

❶（美）尼尔·波兹曼．娱乐至死[M]．章艳，译．桂林：广西师范大学出版社，2004.

一个产品如果要在市场上获得成功，首先要做到的就是能够吸引消费者的注意力。文学经典显然具有这种功能，它们在漫长的历史长河中，一直被不同年代的人所推崇和重视，在大众心中有着极高的知名度，对它们的关注几乎成了一种自然状态，以至于在很多人的心目中，经典作品是一种带有“神圣光环”的存在，只要它进入人们的视野，就会自然而然地聚焦在社会大众的目光下。

人们对经典的推崇，使经典长期处在人类文化活动的中心，占据在人类话语秩序和表征系统中的特殊位置，甚至在一定程度上对话语权构成控制，对意义的表达形成规范。在很多的社会历史语境当中，我们发现是否具有良好的文学修养和文学能力，在很大程度上会影响某个人或某个群体话语权的获得。多数情况下，文学素养和文学能力甚而会成为一个人身份的表征。而这种素养和能力的形成，有相当一部分来源于文学经典的滋养。文学在社会活动中所形成的特殊的话语垄断，使经典相较于其他的话语形式，更容易争取到公众的注意力，形成引人注目的“明星效应”。

其次，受“明星效应”影响，文学经典还可能引发“多米诺骨牌效应”。文学经典由于具有很高的经济开发价值和很强的商业扩张性，使其在文化创意产业的发展中扮演着非常重要的角色，形成了文化创意产业链上非常重要的一环。文化的产业化，使文化生产对整个文化创意产业链的建设越来越重视，进而让文化产品市场形成了广泛的延伸性和关联性。一种文化产品的成功，往往可能带动相关产业链上很多其他产品的发展与兴盛，从而获得可观的经济效益，带来大量财源。文学经典有着很高的知名度，因此它作为一种特殊的文化资本进入市场后，更容易引发文化创意产业的连锁反应。

实践表明，通过“经典再造”“故事新编”等方式，文学经典可以转化为异质文本，还可以演化为戏曲、话剧、舞蹈、评书等艺术形态，通过电视、电影、手机、互联网等传播媒介进行传播，可以有效改变因传播方式的单一化和传播对象的精英化而造成的局限性，进而增强人们消费经典的便利性，从而使经典的影响力得以迅速扩大。对经典作品的再生产，可以使经典以更快的速度向网络产品、音像产品、视听产品等文化消费领域延伸，并且这种影响力将很容易被扩散至玩具、服装、旅游、休闲、礼品、文具、饮食等其他相关产品市场，从而引发“多米诺骨牌效应”。

1.2 对提高文化创意产业的发展层次具有重要作用

文学本身具有很强的审美性，经典文学更是如此。文化创意产业致力生产富有审美属性的文化产品，借助经典文学充实文化创意产业，有助于文化创意产业审美水准的提升，让文化产品更具魅力。此外，文化产品需要个性，也需要富有经典意味的底蕴，因此将文学经典融入文化创意产业，有助于增强中国文化创意产业的民族个性，充实文化创意产业的文化内涵。

经济全球化已经成为一种不可逆的国际潮流，文化创意产业自然也被裹挟其中。以文化创意产业中的电影为例，中国电影面对好莱坞的全球化扩张，在许多方面都处于劣势。其具体表现为资金短缺、人才匮乏、技术落后，但这其中更为重要的是中国电影产业机制的严重不成熟。中国电影要走向世界，与好莱坞电影相抗衡，最为突出的优势就是中国拥有丰厚的经典文学艺术资源，这种资源早已被国外的电影产业开发和利用，如迪士尼的《花木兰》便是显例。中国文学艺术传统完全不同于美国和其他西方国家，有着自己的特色，这种传统不仅在中国有着悠久的历史和广泛的影响力，而且对日本、朝鲜、东南亚等国家都有着根深蒂固的影响。对西方世界而言，中国经典的文学艺术也有着独特的东方魅力。如果我们能够把这些可贵的文学艺术资源进行产业化开发，就有望形成具有国际影响力的作品，从而占据广阔的市场。

中国有着逾 5 000 年的悠久历史和光辉灿烂的民族文化，从楚辞汉赋到明清小说，从礼、乐、诗、书等精英文化到坊间说书、戏曲故事、民间传说、通俗小说等通俗文化，都彰显出中华文学艺术的博大精深，这些都是中国文化创意产业可以利用的资源。“越是民族的，越是世界的”，中国文化创意产业唯有植根于中华民族的文学艺术沃土，从中汲取强大的能量，才能真正与世界文化产业相抗衡。我们应该走出效仿跟风的窠臼，有意识地整合属于本民族的传统文学艺术资源，将经典作品与产业形式进行有效的组合嫁接，进而形成文化创造力。文化创意产业的实践也表明，在全球化的背景下重新阐释经典文学艺术，完全可能赢得世界观众的喜爱。《花木兰》的全球发行便是一个成功的典范，通过中国与西方文化、传统与现代文化、经典故事与现代科技的融合，《花木兰》获得了世界观众的认可。而让人感到遗憾的是，对《花木兰》有着原始版权的中国，却至今缺乏对这类经典故事的有效开发与运作。中国文学艺术资源的丰富性有目共睹，它完全有望为中国文化创意产业的发展提供一种潜能：一方面，中国文化创意产业应该植根于本土的文学艺术，因为越具有民族性才越具有国际性；另一方面，又必须重视现代意识对本土文学艺术的观照与超越，在全球化的舞台上，积极地与“他文化”进行交流与融合，使之更加具有世界性和现代化的色彩，这样才更容易被现代观众所接受，更容易获得国际化的认同。我们应该认识到，面对全球化的竞争，中国文化创意产业发展的重要途径，便是通过充分开发、利用本土文化资源，来有效提升中国文化创意产业的竞争力。中国有那么多精彩的神话故事、传说、典故，那么多优秀的文学名著、艺术作品，这些都是让我们这个国家具有东方魅力的重要元素，如不加利用或不善利用，无疑是一种巨大的浪费。我们应该看到，在全球化的文化环境中，在发展文化创意产业的过程中，充分利用本土经典文学资源将是我们的优势，把文学经典有效融入现代文化创意产业将有利于提升我国文化创意产业的层次和国际竞争力。

1.3 有助于丰富既有的文化体系

以前瞻性的眼光来看，产业化后的文学作品会对以后的文化发展产生影响。作为一种新的文化积淀，它们也会表现出长久的历史性的文化功能，会使既有的文化体系更加饱满。实践表明，在文化创意产业中，融入文学元素，让经典文学在文化创意产业工作者富有激情的头脑中生根发芽，完全有望催生新形态的文学作品。

在中国，从文化创意产业崭露头角起，文坛便依托法兰克福学派理论，掀起了一股文化创意产业批判与文学精神保卫之风。批判者从德国的法兰克福学派汲取理论来源，抨击文化创意产业对传统文学的破坏，进而倡导维护传统文学精神。他们认为，就生产手段来看，文学致力探索人类心灵世界的秘密，是人的心智的形象化体现，而文化创意产业则更像是工厂里的流水作业，侧重于借助技术手段进行模式化生产，由此认为文化创意产业与文学精神无缘。这种观点从单方面看非常有道理，因为它敏锐地看到了机械式的生产和商业化的运作对文学的灵动和追求真善美的破坏，但如果从更多元化的角度来探讨文学与文化创意产业的关系，这种观点却未必经得起推敲。

笔者认为，文化创意产业的生成与发展确实对文学产生了非常重要的影响，它在很大程度上影响着文学的存在形态，但是文化创意产业与文学精神并不存在绝对的对立与冲突，我们应该正视这一产业形态所带来的改变。事实上，在人类历史发展的各个阶段，文学难免会受到社会发展、产业变更的影响，因为文学毕竟不是一个孤立的存在，它本身就是社会生活的有机组成部分。从这一意义来讲，文化创意产业的出现与各个时代的产业发展带来的变革有着很强的一致性。其差异主要在于影响力的大小，而且造成的结果也不是毁灭性的。毕竟，文学精神的保持归根结底还是要看文学对自身认同的努力，对文学追求的信守，这才是文学精神能否持续的内因，而不宜单方面地归责于文化创意产业。在文化创意产业成为一种发展趋势的情况下，作为一种创意活动的文学，难免会与文化创意产业产生诸多联系，在这种情况下，文化创意产业与文学出现磨合也是非常正常的情况，我们不妨以更加理性且全面的态度对文化创意产业与文学的磨合期予以关照。

辩证地来看，文学与文化创意产业的碰撞与融合，确实会对原有的文学形态造成冲击，但是在这种冲击动荡之中，新的文学形式也会应运而生，而它们的出现则可以有力地丰富文学的既有形式，有效地充实现代社会的文化体系。比如，图文文学书籍“绘本”，便是文化产业运作的典型个案，它作为一种“以大众传媒为载体，以现代都市为主要对象的文化形态”[1]，越来越受到年轻人的追捧。它不再囿于传统的文字叙事，而是借助现代化的构图手段，着力展现文与图的内在联系，将文字与图画有机地融为一体。在绘本作品

❶ 周小仪．唯美主义与消费文化［M］．北京：北京大学出版社，2002.

中，创作者以现代技术手段为依托，让文字与图画共同承担起讲故事的任务，通过形象生动、韵味十足的图像符号来引发读者的关注，表达自己的观点，用更加可感的方式与读者展开思想的交流与互动。这种创作方式瓦解了“想以纯粹的语言形式来界定文学的传统观念”，重新界定了文学创作中的图文关系，为当代审美文化研究提供了新的范式。随着文化创意产业的发展，类似绘本这种结合了现代传媒手段的作品形式很可能会越来越多，它们本身将成为一种新的文学样式，并会对文学和文化体系的发展和丰富起到重要的作用。

1.4　有益于文学作品的保存与弘扬

文学经典经过文化创意产业的运作，能够实现更大范围的传播，得到有效的保存与弘扬，甚至一些濒临灭绝的文学艺术形态或作品，也可能通过文化创意产业被激活。随着信息时代的来临，一个由数字媒介主导的信息化文学社会正在形成。人们往往把更多的时间用在电视、网络这样的媒介上，而开始摒弃传统的阅读方式。正如麦克卢汉所言：“倘若文学要作为少数人的一门学科而保留下来，它就一定要将自己的感知和判断技巧迁移到这些新媒介之中。”在这样的时代背景下，文学的生存境况势必会受到文化格局变动的影响。文学经典如果仍然按照传统的形态继续下去，很有可能会导致消费体验缺乏新意，继而传播范围越来越窄，传承性将会受到很大影响。所以，站在文化学的角度，大胆地将文学与文化创意产业相结合，将有助于文学经典找到另一种生存状态，从而促成经典的延续与弘扬。

与以往各个历史时期不同的是，除了印刷传播的方式之外，随着手机、网络、电子阅读器的普及，文学经典传播发展出了数字传播的新形式。随着人们阅读习惯的改变，数字传播将越来越成为文学经典传播的重要手段。

此外，影像传播也构成了当代非常受欢迎的文学经典传播方式。它是一种在视觉文化的背景下，形成的文学经典改编现象，主要形式是经典作品的影视传播，如电视剧版的“四大名著”，也包括各种 Falsh 动画、影像视频、图文书以及漫画书的传播。自 20 世纪以来，电影一直占据着影像传播的主导地位，许多艺术形式，包括文学在内，都需要依照与电影的关系来审视其价值，在很大程度上文学经典是否被改编成电影也成了衡量其价值和影响力的一个方面。❶

中国在历史发展的过程中创造了极为丰厚的文学艺术财富。文化产业的发展，使大量留存的中华典籍及人物事迹得以弘扬。史书《三国志》，小说《三国演义》，衍生了精彩纷呈的“三国文化”。自 20 世纪 80 年代开始，影视界掀起了一股改编三国经典的热潮。从 20 世纪 80 年代初的《诸葛亮》《曹操与华佗》，到电视连续剧《三国演义》《卧龙小诸葛》《武圣关公》等以及电影《见龙卸甲》《吕布与貂蝉》的上映，在一定程度上引领了三国影视改编的潮流，之后对

❶（美）保罗·施拉德．排行榜经典标准的来源 [J]. 李二仕，译．世界电影，2008(1).

三国的关注被扩展到了整个文化创意产业领域。网络作品《大话三国》、图书《水煮三国》、动漫《Q版三国》，都是以三国故事为蓝本进行的经典资源开发。在国际市场上，很多国家从中国引进了电视剧《三国演义》，同时自己也拍摄了一些以“三国”为题材的电视作品，如日本横三光辉以三国时期“桃园结义”“草船借箭”等著名典故为依托，拍摄了动画作品《三国志》。与此同时，日、韩等国以三国为背景的网络文化开发更是随处可见。由此可见，文化创意产业对三国文化的现代传播起到了不可忽视的作用。在中国古典文学中，很多作品都具有广泛的影响力，如《西游记》《搜神记》《红楼梦》等。我们应该充分考虑运用产业化的方式，把这些具有持久生命力的经典作品传播出去，形成充满生机的文化输出格局，运用经典的力量有效提升国家的文化软实力。

无论是传统的文本阅读，还是新兴的视觉影像传播，文学经典都以其丰厚的文学底蕴和丰富的历史内涵而彰显出动人的魅力。正如汉朝人王符在《潜夫论》中所说：“索道于当世者，莫良于典。典者，经也……是故圣人以其心来造经典，后人以经典往合圣心也，故修经之贤，德近于圣矣。”❶美国辛普森也认为“视觉文化语境下的文学不仅没有全面失守，相反的，文学在这个时代完成了它的统治，并且

❶ 转引自：张新科．古代中国文学教育的价值与意义[J]. 陕西师范大学学报，2006(1).

渗透到各个学科发挥着潜在的支配作用”[1]。特别是在文化创意产业蓬勃发展的当代，文学经典与新兴媒介的结合让经典焕发出了新的生命力。

经典文学作品是中华民族精神财富的重要组成部分，是建设和发展中华文化的宝贵资源。文化创意产业与文学之间并不是绝对的对立与不可调和的关系，文化创意产业的出现与发展必然会改变文学的存在形态，必然会对文学的创作、传承、发展产生重大影响，我们应该正视这一产业形态所带来的变化，这与各个时代的产业变更所带来的变革有着共通性。文化创意产业的功利性与文学经典的无功利性在结合中难免会有排异反应，两者的结合会带来磨合期的阵痛，甚至会出现两者互相损害，即过分关注经典美感而导致文化创意产业缺少经济效益，或过度追求文化创意产业的经济效益导致文学经典丧失美感的极端情况。但是，应看到文学经典与文化创意产业的联姻能够有效推动双方的发展，应该给二者的结合予以充分的自我完善的时间，以建设性的态度促成其形成良性循环发展机制。一方面，只有科学认识古典文学的精髓，创新传播方式和模式，古典文学才能有更好的发展前景。另一方面，将中国经典文学作为资源，着力打造富有中国特色的文化品牌，有助于增强文化创意产业发展的集聚力、辐射力和国际竞争力。

---

[1] （美）辛普森著．学术后现代与文学统治[M]．唐晓杰译．上海：华东师范大学出版社，1997.

第2章　古代文学嫁接文化产业的模式与策略选择

发展文化产业是中国文化发展战略中非常重要的一环。而在发展文化产业的过程中，内容建设是其势必要涉及的一个部分，内容的精彩与否，将成为决定文化产业发展水平的重要标准。在中国古典文学当中，有着太多精彩的故事、精彩的诗词、精彩的语句等，这些精彩的元素完全有可能转化为文化产业的精彩内容。事实表明，中国古典文学作为一种重要资源，正在被世界文化产业所关注和使用，正在不可避免地被纳入世界文化产业化发展的大潮中。在这样的文化语境之下，如何实现中国古代文学与现代文化产业的对接，是值得中国古代文学研究和文化产业研究的学者思考的问题。

笔者认为，中国古代文学与现代文化产业并非天生不容，它也有一个产业化发展的历程。我们完全可以依托现代文化产业技术，对中国古代文学进行有效的研究与弘扬，也可以在文学产业化的过程中，有效培养大众对中国古代文学作品的关注和阅读的习惯，在葆有中国古代文学原有风格及审美价值的基础上，不断地丰富、拓展它的生存空间与发展形态。具体来看，古代文学嫁接文化产业不妨从以下几个方面进行。

2.1 歌曲创作

从史料来看，我国的古诗词原本就和音乐有着非常密切的联系，本身就具有可以咏唱的特点。在歌曲创作活动中，将中国古代文学资源进行有效转化，可以有力提升歌词的韵味，创作出具有浓郁中国风的作品。而这类创作，早已有了不少成功的案例。例如，在电影《十面埋伏》中，有一首《佳人曲》，“北方有佳人，绝世而独立，一顾倾人城，再顾倾人国，宁不知倾城与倾国，佳人难再得”，就是依据汉代李延年的《北方有佳人》创作而成。而在电视连续剧《三国演义》中，其主题曲《滚滚长江东逝水》则是直接引用古典文学作品《临江仙》完成了歌词创作：“滚滚长江东逝水，浪花淘尽英雄。是非成败转头空，青山依旧在，几度夕阳红。白发渔樵江楮上，惯看秋月春风。一壶浊酒喜相逢，古今多少事，都付笑谈中。”用这样的作品入词，往往能凸显厚重的历史人文意义，体现出古朴凝重、深厚雄浑的特点。而在流行歌曲创作当中，一样不乏运用古典诗词的案例，如邓丽君的《但愿人长久》取词于苏轼《水调歌头·明月几时有》，姜育恒《梅花三弄》化用了裴休《宛陵录·上堂开示颂》和元好问《摸鱼儿·雁邱词》，还有徐小凤的《别亦难》、伊能静的《念奴娇》、霍尊的《卷珠帘》、毛宁的《涛声依旧》、梅艳芳的《床前明月光》、黄安的《新鸳鸯蝴蝶梦》等，都是引用和借鉴了古典诗词的音乐作品。实践证明，引用或者化用古典文学作品入歌词，往往能够提升歌词的古典韵味，让歌词的内容和情境更加值得品味。与此同时，可以弘扬中国古典文学，能够让流行文化创作与古典诗词传承相得益彰。

2.2　影视剧改编

近几年，古代文学题材的影视作品频现荧屏，无论是我们熟知的《孔雀东南飞》，还是杂糅了众多文学作品的《芈月传》都取得了不错的收视效果。这类影视剧作品在为我们带来戏剧性和娱乐性兼具的视听盛宴的同时，更是引发了观众对中国古代文学和中国古代文化的关注。另外，需要格外予以重视的是，在影视创作方面，国际化的文化传媒集团早已开始了对中国传统文化资源的开掘。1998 年，美国迪士尼摄制的动画片《花木兰》在全球热映，取得了很好的业绩，票房总收入高达 3 亿美元，成为该公司利润最高的影片之一。而这部影片的创作素材，就取材于中国古典文学作品《木兰辞》。还有，红极一时的动画片《功夫熊猫》，其中也融入了很多东方元素，无论是功夫、熊猫还是其中的故事，都具有浓郁的中国古典文学色彩。此举应该引发国人的思考，中国古典文学资源已经被国际文化资本转化成了文化产品，而且赢得了国际竞争。《2001—2002 年中国文化产业蓝皮书总报告》指出，中国古典文学已成为“文化产业正在争夺的前沿”。我们作为中国古典文学的发源地，一定要避免走入“身在宝山不识宝”的误区，应该有意识地开发和运用中国古代文学中的经典元素与故事宝藏，开发具有浓郁东方特色的影视剧作品。

实践表明，从丰富的古代文学宝库中汲取一二，进行产业化开发，往往就能形成一条很长的产业链。以四大名著之一的《三国演义》为例，早在 20 世纪 80 年代，就开始了对这部经典作品的影视化开发，如 1981 年的电影《曹操与华佗》、1985 年的电视连续剧《诸葛亮》、2001 年的《卧龙小诸葛》、2001 年的《武圣关公》、2002 年的电影《吕布与貂蝉》、2008 年的《见龙卸甲》，以及众所周知的电视连续剧《三国演义》等，都曾经引发了广泛的关注。随后这股影视改编的热潮扩展到了整个文化产业领域，从图书《水煮三国》、动画片《Q 版三国》到网络作品《大话三国》，此外，还包括各类从三国故事延展而来的文化资源的开发，如《三国演义》系列邮票、三国人物（故事）剪纸等，形成了一个漫长的产业链。笔者认为，在古代文学走向产业化的今天，逐渐扩大古代文学的研究范畴，关注其进行产业化开发的可能性，有助于更好地、更全面地阐释古代文学对当代社会的影响与价值。

2.3　戏曲改编

戏曲是一种古老的艺术形式，在今天多媒体手段日新月异的背景下，这种传统艺术正在焕发出新的生机。除了在形式上引入新的技术外，内容上却不妨汲取古老的素材——因为它们足够经典，事实也证明这种方式往往会取得不错的成果。比如，张艺谋执导的京剧《天下归心》，便是取材于《左传》“郑伯克段于鄢”的故事，这部京剧作品运用现代多媒体手段对经典故事进行演绎，取得了传统技术难以达到的审美效果和视觉冲击力。在表演当中，表演者综合运用了现代多媒体技术与传统艺术形式，如借助各类舞台技术团队用多媒体皮影呈现郑庄公平叛的战争场面。在呈现这一场面的过程当中，音乐此起彼伏，演员的身形叠加在皮影之上，最后破纸而出，通过借助新型传媒技术措施，有效地拓展了花脸、老旦等传统行当的舞台表演空间。在古典文学作品中，类似“郑伯克段于鄢”这样的故事不胜枚举，如果能够在现代戏曲艺术当中加以运用，将极大地丰富戏曲的表现内容，也会有力地提升戏曲的艺术水准与观赏价值。

通过对可供戏曲创作吸纳的中国古典文学进行分析研究，探寻其角色元素、剧本元素、声音元素以及戏曲的载体和表现形式等内容，相信可以开掘出一条不错的戏曲产业化道路。在这一过程中，戏曲创作者不宜简单地复制传统、抄袭传统，而是不妨把中国古典文学作为戏曲作品的魂，结合现代声像技术、现代舞台技术和现代传媒技术等新型技术手段来开展戏曲创作。如此一来，完全有望创作出具有时代特质且富于中国特色的戏剧作品。

2.4 文化旅游

旅游的实质是什么？找个时间，让自己彻底愉悦。触及文化的旅游，往往能够让人的内心有更加深厚的愉悦感。云南有个风景名胜区叫石林，其地质景观壮丽秀美，素有“地球天然迷宫”“天下第一奇观”“大自然雕塑博物馆”、“喀斯特地貌博物馆”等美称，可凡是去石林旅游的游客，相信很少有人会讲“我去了‘地球天然迷宫’”，“天下第一奇观”，或者说“大自然雕塑博物馆”“喀斯特地貌博物馆”等，甚至也很少有人会说：“我去了石林”。然而，很多人可能会不约而同地说：“我去了阿诗玛的故乡”。很多人去游览石林，不是冲着自然景观去的，很大程度上是被阿诗玛的古老故事吸引去的。而这个故事则来自彝族的古典叙事长诗《阿诗玛》。

将古典文学作品的故事与诗情画意导入旅游业，会让原本枯燥的景观顿生人文色彩，能够让人们在享受景观本身的同时，体味到深沉的文化讯息。而在中国古代文学中，可以被导入旅游业的素材显然非常丰富：《水浒》里的梁山故事、《徐霞客游记》中的山水情怀、《长恨歌》里的缠绵爱情等，都可以转化成为文化旅游的元素。

2.5 游戏设计

网络游戏，英文名称为Online Game，又称“在线游戏”，指以互联网为传输媒介，以游戏运营商服务器和用户计算机为处理终端，以游戏客户端软件为信息交互窗口的旨在实现娱乐、休闲、交流和取得虚拟成就的具有可持续性的个体性多人在线游戏。网络游戏作为文化产品，健康的游戏内容、正确的价值取向、规范的经营活动是保障全行业可持续发展的根本。如果能在追求娱乐化的同时，能够让网络游戏多一些历史人文色彩，无疑会让游戏的品位有所提升。另外，具有文化内涵的游戏情节与游戏内容，也更容易形成具有民族特色的游戏产业，更容易激活国际化市场。而以中国古典文学中的经典作品为内容依托来开发东方特色的网络游戏，无疑是一条可以尝试的道路。

中国有很多的故事是具有世界影响力的，如《三国演义》的故事，《西游记》的故事等等，而这些故事本身就有着浓烈的传奇和奇幻色彩，故事情节跌宕起伏，冲突情节层出不穷，非常适合以游戏的形式来呈现和演绎。从实践的层面来看，以古典文学为内容的游戏开发已经取得了不错的业绩，如曾经被很多人追捧的《三国志》便取材于《三国演义》，很多人喜爱的《通天西游》便改编自经典小说《西游记》。诸如此类的游戏作品，已经得到了不少网游者的热捧。随着计算机信息技术的发展和游戏产业的升级，有意识地将中国古典文学作品与网络游戏相嫁接，有望开发出更经典、更有趣的游戏。

2.6 微信传播

信息革命的发展和传播媒介的演化，一方面是人类社会科学技术日益提升的过程，另一方面也是人类社会思想文化持续发展的过程。正是信息革命的发展，数字化、全球化以及实时性、交互性等传播特质才开始与文艺作品亲密接触。自21世纪以来，媒体融合的趋势更加深化，媒介技术和信息科学极大地改变了古代文学与传统文化的传播方式，其中非常典型的就是微信。微信作为一种新型的传播媒介，已经被越来越多的人使用和关注。微信除了具有沟通的功能之外，还有着强大的信息传播功能。随着越来越多的人注册和使用微信，微信的内容传播已成为可小觑的力量。然而，我们应该看到一种本质：微信的普及，所改变的只是传播的媒介和形式，它不可能改变“内容为王”的传播规律。

在微信传播的内容选择方面，有着方方面面、各种各样的内容可供选择。中国古典文学，作为一种信息资源宝库，储存着非常丰富的文学资源，将这些资源与微信的传播属性相结合，顺应微信传播的特点和规律，有望扩大经典作品的影响力，让更多的人了解和关注经典文学作品。在媒体融合技术日益发达的社会情境下，非常有必要凭借多维的信息媒介使古典资源与经验得到最大限度的辐射与推衍。也就是说，要想不断延长和扩展中国古典文学的艺术生命，借助新媒体优势将是一个不错的选择，我们完全可以借力微信的传播优势，引导更多的受众主动关注中国古代文学作品。

我们可以设想到的中国古代文学借助新媒体传播的路径，可能是这样的：首先搜集和整理大量的中国古典文学故事，然后借助大数据分析将各类故事元素进行拆解和重组，最后凭借“创意驱动”来制作和传播具有一定影响力的新媒体文化产品。

中国古代文学如果要实现有效地传播和传承，顺应时代的发展，找到适合自己的传播方式和传播路径应该是个非常重要的命题。而在文化创意产业的视域内来解答这一命题，应该不失为一个良好的选择。中国古代文学借助这一领域的优势，有可能获得更大的现实性，而文化创意产业依托中国古典文学，则可能获得优质的内容和民族化的品位。关注中国古代文学所包含的各种生动主题和精彩元素，借助产业化理念和技术来创制文化作品，促成中国古代文学与现代文化创意产业的嫁接，很有可能形成一种双赢的格局。

第3章 运用中国传统文化推动文化创意产业的文化营销

21世纪，经济形态迅速由工业经济向知识经济过渡。新经济的重要特点在于它不仅以物质产品为商品，还以知识的使用、增值、传播作为商品。伴随着物的批量生产与大量堆积，面对快速涌现且同质化程度极高的各类商品，消费者难以在短期内对所有商品进行检视和鉴别。于是，商家将物的使用价值抽象为符号并赋予其特定的文化意义进行传播，引导人们以这些“意义”和“价值”为标准进行消费。当人们习惯于使用“意义”层面并享受这种“价值”带给自己的快感时，营销者将更加深切地意识到商品只是文化传播的载体，而文化才是商品的核心卖点。如此一来，各个行业在营销环节，开始纷纷关注文化的融入，试图借助文化赋予产品个性和灵魂。系统化的文化营销便应运而生。

从理论层面看，文化营销，简单来说，就是利用文化力进行营销。它以文化分析为基础，以满足消费者的文化和情感需求为目的，主张把商品作为文化的载体，借助文化符号赋予商品“意义”，通过市场交换进入消费者意识，促成商品的大量和持续销售。具体来看，它包括三层含义：通过将文化因素渗入市场营销组合，制定出有文化特色的市场营销战略；企业借助或适应不同特色的文化环境开展营销活动；企业充分应用企业形象等战略，全面构筑企业文化。

在现实生活中，我们很容易就能感受到文化营销的力量：发源于美国的普通冰激凌品牌“哈根达斯”，借助文化营销，赋予其产品“爱她就请她吃哈根达斯”和“享用哈根达斯是高贵时尚文化”的概念，使其产品因爱而贵，成了高端冰激凌的代表；没有多少实用价值的钻石却能够以高昂的价格出售，其原因也主要在于“钻石恒久远，一颗永流传”的象征意义；时下流行的 iPad、iPhone 备受消费者青睐，人们在购买它的使用价值的同时，其实是在消费苹果公司精心传播的便捷、时尚、个性的美国文化。通过以上例子我们可以看到，在产品的价值中包含着一种隐性的东西——文化。企业向消费者推销的不仅仅是单纯的产品，更是一种感觉、一种符号、一种意义，借此赋予消费者文化上的享受。而在今天这样一个追求感觉的体验经济时代，人们也在很大程度上习惯于消费感觉、消费概念、消费象征意义。这一切，与营销中的文化塑造与文化诉求有着密不可分的关系。文化在不知不觉中，已经同商品联姻，甚而商品的文化价值已经超越了其本身的物质价值。在今天，即便是像吃饭这样的满足最基本的物质需求的消费活动中，人们都会关注用餐环境的文化氛围。在今天这样一个如此注重感觉的时代，我们已经很难说哪种商品仅凭物质属性就能实现成功销售。

作为以文化为核心内容的文化创意产业，更是与文化营销有着天然的不解之缘。文化产品和一般产品的最大区别在于：一般产品只要生产出来，即便没有精神价值，仍然可能被消费者接受和购买；而文化产品则不然，从产品形态来看，它本身就是某种文化符号。从消费来看，消费者购买它也主要是基于对“意义”的消费，当消费者觉得它没有意义的时候，滞销就会成为必然。因此，如何赋予产品独特的意蕴，创造特定的有意义的符号系统便成了文化产品生产和营销的核心问题。商业实践表明，文化营销可以有效地解决这一问题。

文化营销讲求以文化作媒介与目标消费者及社会公众构建全新的意味共同体和利益共同体关系。文化是整个营销过程中的核心竞争力，其营销成败的关键是能否传达富有个性的、打动人心的文化信息。对于文化创意产业的文化信息传播，不妨从以下四个方面进行探索。

3.1　产品文化化

产品（product）在营销的“4P”原则中被置于首要位置。文化创意产业的文化营销作为营销的一种形式，它的成功与否必然也以产品作为先决条件。近些年，随着文化创意产业的迅速发展，很多民族文化被成功引入文化产品。例如，云南便巧妙运用水文化、贝叶文化、基诺族大鼓舞、布朗族弹唱、傣族章哈等民族文化遗产，借助当地少数民族的风俗民情和日常生活，成功打造了西双版纳的文化品牌，推广了“西双版纳风情游”“中国西部狂欢节”等系列文化产品。这些文化产品开发的根本在于有效挖掘和使用了少数民族深层的文化元素。

就文化市场来看，当前市场占有率高的文化产品往往具有“传统故事，现代表达”“民族元素、国际制造”的特点。中国文化是一种有着悠久历史的具有世界影响力的文化，借助丰富的中国文化元素来打造富有东方魅力的文化产品，完全可以形成打动人心的力量，进而激发消费潜能，引发国内外文化市场的消费时尚。事实上，迪士尼动画片《花木兰》《功夫熊猫》等对于中国文化的运用，都是借助东方文化的魅力与影响力来打造文化产品的举措。作为东方文化的发源地，我们应该更好地保护和运用好我们的这个文化宝库。

3.2 定价文化化

文化是影响产品定价的重要因素，通常产品的文化意义越丰富，其价值和价格就会越高。因为人们总是习惯于在文化的基础上来看待和理解商品。以中国人喜爱的玉为例，从历史来看，最初作为武器或生产工具的玉是非常廉价的，人们只是关注它的实用性。随着不同时期人们对玉赋予了宗教、政治和文化等意味之后，玉便有了人格化的价值追加，其价格也由此开始不断提升。现代经济体系下，玉作为一种高价商品在市场上流通，大众不惜重金购买玉石产品，其根源正是来自中国人对玉这种物品的文化性使用，正是强大的文化价值的全方位渗透成就了玉石这种物品的高价格。

在现代营销中，很多成功的企业认识到人们正是基于某种文化因素来权衡商品的价格高低，于是它们有意识地借助丰富产品的文化内涵来提升产品价值，进而影响产品价格。英国著名的 The Body Shop 案例便形象地演绎了这种文化定价。

The Body Shop 健康及美容用品连锁店始创于英国。从1976 年在布莱顿（Brighton）小镇开办第一家 The Body Shop 开始，到目前为止已经在全球 50 个市场开设了 190 家店铺，在全球最杰出的品牌中排名第 27 位。

The Body Shop 寻遍世界每一个角落，寻找有效的自然成分来达到自然美。与此同时，它确保以一种保护地球和人类的方式达到这一目的。在这一核心理念的指导下，The Body Shop 从创立之初就近乎偏执地传播着五个信念：反对动物实验、唤醒自觉意识、支持社区公平交易、保护地球和捍卫人权。

现在 The Body Shop 通过全世界的店铺销售网与 7 700 多万个顾客进行交易，大约每 0.4 秒就售出一件产品。虽然现在有很多其他的美容产品也采用植物或水果等自然原料成分，包装也都采用自然简约的风格，形成了与 The Body Shop 竞争的势态，但是 The Body Shop 仍然所向无敌。这是因为经过长期的文化植入，人们已经固执地认为，The Body Shop 才是真正自然的代表。于是人们在接受了其环保主张的同时，对其纯天然的产品品质产生了充分的信赖。虽然它的价格较高，但是人们还是甘愿购买。而这一切，无疑是 The Body Shop 精心设计的结果。

反观中国，我们的传统文化有着极强的影响力，它所倡导的仁爱、宁静、自然、无为等理念为当代不少人所认同，中国功夫、陶瓷、书法等中国文化元素更是被世界上的许多人欣赏。在很多人对中国精神有着认同感的前提下，我们完全可以探索文化创意产业对中国传统文化的使用途径。如果在文化创意产品的营销环节中，更多地注入中国文化元素，将仁爱、和谐、清静、无为等东方文化理念植入其中，将底蕴丰厚的中国文化元素融入其中，无疑将提升中国文化创意产业的特色含量，使其具有更为丰富的和不可替代的价值，而这种个性价值的形成终将在定价过程中产生积极的作用。

3.3　品牌文化化

品牌是给拥有者带来溢价、产生增值的一种无形资产，其增值的源泉来自消费者心智中对企业和产品的印象。在目前的市场活动中，品牌已发展成为商品综合品质的代表，当人们想到某一品牌的同时总会和文化、时尚、价值联系到一起。当品牌文化被市场认可后，品牌就会形成巨大的市场价值。通常品牌文化在市场中的认可度越高，其商品的市场价值也就越高。

在当前这样一个注重品牌消费的时代，拥有品牌显得尤为重要。品牌文化化致力通过对品牌进行文化植入，赋予品牌更多个性和精神内涵，从而增加顾客对产品的独有价值感知。品牌文化化不仅可以提升品牌的吸引力，而且可以带给整个产业巨大的活力。在文化创意产业的营销中，不少地区和企业已经开始注重对品牌的文化性投入。比如，河北衡水武强县，便借助音乐文化元素的巧妙运用，成功打造了武强音乐品牌，发展了以音乐为核心的文化创意产业。武强县本是一个国家级贫困县，为了引起采购商、音乐爱好者对武强音乐的关注，他们长期致力对武强音乐品牌的文化投入。首先从建设当地音乐环境入手，先后采取了兴办音乐学院，构建音乐人村落等措施，为武强这一地区营造了较为良好的音乐氛围。除了这些慢慢累积的氛围培育之外，他们还组织“万人吉他演奏”这样的冲击吉尼斯世界纪录的活动。通过类似活动，提升了武强音乐的品牌影响力，让世界范围内的音乐爱好者开始关注武强音乐基地。在知名度慢慢形成的基础上，他们一边包装一些原创的音乐人和歌手，一边推出像音乐家俱乐部或者音乐度假村这样的建设项目，通过大量的音乐文化交流活动，强化“武强 = 音乐”的概念。目前，武强音乐的品牌已经被业内人士熟知，武强国际音乐产业基地已发展成为国内最大的户外音乐节举办地和音乐爱好者的集散地。武强也借此成功打造了一个集乐器生产、音乐产品输出、音乐旅游为一体的文化创意产业链。

关注武强音乐发展的研究者都不禁要感叹，在这样一个人文环境和自然环境都不占优势的地方，居然形成了浓郁的艺术氛围，打造出了武强音乐产业。在打造这一品牌的过程中，武强人凭借着精准的定位和对品牌形象持之以恒地巩固，最终成就了武强音乐的品牌。依靠对音乐文化的巧妙运用，武强成功打造了自己的品牌形象。

事实上，在中国传统文化中，有着很多可以被文化创意产业运用的元素。为此，中国文化创意产业，应该充分考虑和吸纳各类传统文化元素，在深入挖掘文化内涵的基础上，将传统文化同时代精神相结合，有意识地营造和传播东方文化氛围，努力借助丰厚的传统文化来塑造中国文化产品品牌。让中国文化这个经典招牌真正活起来，在大力发展文化创意产业的时代浪潮中焕发应有的活力。

3.4 促销文化化

促销是一种通过向消费者传递有关企业及产品的各种信息，吸引或说服消费者购买产品的行为。它在本质上是一种沟通活动，即营销者（信息提供者或发送者）发出作为刺激消费的各种信息，把信息传递给消费者，以影响其态度和行为，进而促成销售。目前，市场上很多商家都习惯采用价格打折、游戏抽奖等传统的促销手段来开展促销活动，但实践表明，消费者对这类做法早已“审美疲劳”，越来越难以产生兴趣。如此一来，促销也便很难起到促进销售的作用。

借助富有个性的文化来充实促销活动，则更有利于与消费者的顺畅沟通。因为，人们总是习惯对具有特色且有着个性文化气息的活动萌发兴趣，也总是热衷于在某种文化氛围内进行消费。成功的企业总是会善解人意地借助文化来开展促销活动，努力推进促销的文化化。比如，麦当劳在促销过程中，非常善于运用休闲娱乐文化元素来吸引消费者，这从它不时馈赠给孩子的小物品中可见一斑。有人认为，麦当劳不仅是世界上规模巨大的汉堡制造商，而且也是世界上规模庞大的玩具制造商，它在努力销售汉堡的同时，在想方设法为汉堡赋予一种文化，从而使汉堡更加具有灵性，而这种添加的方式中最重要的便是文化促销。它所采用的方式主要是玩具本身的文化性，如《史努比》《功夫熊猫》系列的推出，在探寻与人们精神深层次的沟通方面发挥了巨大的作用。正是这一系列成功的文化促销，使人们越来越习惯在麦当劳消费，因为在这里，人们早已不是在单纯购买汉堡之类的物质产品，而是在更多地消费它的便捷服务和休闲娱乐氛围。而这一消费习惯的形成，很大程度上源于麦当劳频繁的文化促销。

商业实践表明：丰富的文化信息在促销活动中起着十分重要的作用，在促销活动中，营造一种饱含特色、富有吸引力的文化氛围，不仅有助于促成消费，而且可以使地区、企业形象和产品在消费者心目中留下长久、深刻的印象。越来越多的文化地区和文化企业深切地体会到了这一点，它们在文化产品的促销中开始积极主动地植入文化元素，努力将文化与促销相融合。比如，河北蔚县剪纸艺术节就是一种成功的尝试。作为较早产生古代人类文明的河北，拥有丰富的传统文化资源，在很多县市都有传承或衍生而来的手工艺品。如何让这些手工艺品成为畅销的文化产品，是蔚县长期关注的问题。为了促成手工艺品的批量销售，他们在2010年举办了以“世界剪纸看中国，中国剪纸看蔚县”为主题的剪纸展销会。在这次促销活动中，有大量的民间文化元素被使用。展会上，腾飞的巨龙、彩色的凤凰、形态各异的历史人物等中国文化元素都跃然纸上。一幅幅刻画细腻的剪纸作品仿佛具有了言说的能力，在向四方宾客讲述着中国的民间故事。参加展销会的四方宾客，深切地感受到了浓郁而独特的东方文化氛围。通过这次展销会的成功举办，蔚县剪纸的知名度进一步提高，也借此打开了通往欧美及东南亚等70多个国家的销售渠道。传统的乡土文化和民间技艺由此开始走出国门，销往世界各地。在中国传统文化当中，类似剪纸这样的传统文化元素还有很多，需要我们有意识地去发掘和运用。如果运用得当，相信它一定会成为推动文化创意产业促销的有力助手。

在社会的发展过程中，一个基本事实是：“无论是权力的获取，还是利益的寻求，都是在文化建构的深厚基础上才得以展开的。❶”文化是一个国家、一个地区极其宝贵的资源，特色文化更是打造特色文化创意产业的法宝。借助文化

❶ 陈庆德．文化经济学的基点与内涵[J]. 湖南师范大学社会科学学报，2006,(2).

资源，将丰厚而有特色的中国传统文化融入文化产品开发、文化产品定价、文化品牌构建、文化创意产业促销等各个环节，有利于文化创意产业获得特有的市场竞争优势，走出一条特色鲜明的文化创意产业之路。

第4章 将古代文学课程引入文化产业管理专业课程体系——以动漫专业为例

中国动漫专业人才的缺乏，尤其是创作型、创意型人才的缺乏已成为影响整个产业发展的瓶颈。目前，国内为数不少的高校已开设了动漫专业，但是所培养的人才与市场需求之间似乎总是存在着错位——一方面是动漫产业找不到合适的人才，另一方面是动漫专业的毕业生找不到工作。笔者认为，造成这一现状的原因，主要在于高校目前所培养的动漫专业人才并不能解决企业对创意型人才需求的问题。目前，高校所培养的动漫专业学生，更多侧重于对其相关技术的培养，却忽略了对其创作能力、创意能力的培养。而引入古代文学课程，则可以弥补当前动漫专业培养模式中人文教育缺失的不足。具体来看，将古代文学引入动漫专业课程体系具有如下意义。

4.1 有助于推动和实现中国动漫民族化的突破

美国动漫之所以风靡全球，与其所蕴含的深刻厚重的民族文化有着密切的关系。美国动漫无论从哪里取材，都会带有强烈的美国式的个人英雄主义色彩，而大量运用中国元素的《花木兰》和《功夫熊猫》也不例外。正是这种美国式的英雄主义情结，成就了美国动漫的民族个性。成本低廉、没有多少高科技投入的日本动漫之所以能与美国的大制作相媲美，形成美日动漫并行天下的局面，根由也在于其对日本民族风格的尊重和发扬，正是独特而鲜明的日本味让很多观众趋之若鹜。“越是民族的，越是世界的”，民族化始终是赢得世人关注的一个重要因素。然而自 20 世纪 90 年代以来，国产动漫却患上了严重的民族失忆症：丢弃民族资源，东施效颦，一味模仿西方，丧失了中国动漫应有的民族个性和文化传统。比较有典型性的就是《魔比斯环》，它是中国动漫公司创作的一部洋味儿十足的动画片。该片有着浓厚的西方色彩，从片名到片中人物的名字都是英文名，再加上西方式的炫酷元素，全然西化的表现手法……从整部影片中难以看到它的东方血缘，每一个不了解该片背景的观众，都会误以为这是一部西洋作品。这部作品，就技术层面而言，丝毫不亚于国外的制作水准，《国际漫画艺术》杂志编辑约翰·雷特 (John Lent) 看完该片后说：‘我毫不怀疑，你们的技术已经开始抗衡好莱坞或欧洲。”[1]然而，该片票房之惨淡，可谓惨不忍睹。上映一周后票房仅 200 万元，根本没有希望收回投资。笔者无意于强调票房的失利，而是想借此揭示

---

[1] 《魔比斯环》办发布会动画生力军崛起国际市场 [EB/OL].http://www.m1905.com/filminfo/news/2006/5/241337423582. html.

我们对民族文化的严重忽视。笔者认为，该片失败的根本原因就在于追求技术却忽略了艺术，追求国际化却抛弃了民族化。中国动漫，如果完全遵循西方的思维方式、以缺乏个性的，用外国人都熟悉的表现内容与表现方式去参与竞争，注定是要失败的。把中华民族的文化底蕴和文化特色弃之不用，其结果势必是丧失个性，难以产生吸引力。前国际动画协会主席、美国动画家哈拉斯便曾尖锐地指出："你们的动画片应该保持自己的中国风格，不必去学习西方；如果你们的动画片拍得和美国一样，那还用你们去拍吗？"❶

我们的动漫一味地在走模仿西方的路子，这是不是源于我们的传统文化中缺少可供现代动漫运用的元素呢？笔者以为实际情况并非如此。从历史上来看，我们很多成功的国产动画，如《大闹天宫》《哪吒闹海》《葫芦娃》等。就现实来看，美国的《花木兰》《功夫熊猫》和日本的《七龙珠》都借鉴了大量的中国元素，这鲜明地反映出我们传统文化中的动漫资源很丰富。然而，令人痛心的是，外国动漫能够看到中国传统文化的价值，并且积极运用它们，而中国动漫，却反而身在宝山不识宝，盲目效仿西方，丢了传统和个性。曾为《大闹天宫》配音的六小龄童表示：花木兰、孙悟空这些形象都代表了中国传统文化，被外国人当成宝贝去拍，而我们的制作方忽视传统题材挖掘，去照搬西方动画的东西，

❶ 张松林.20世纪中国动画艺术史[M].西安：陕西人民美术出版社，2002.

这样下去中国动画电影只会走入死胡同。”[1]

在动漫人才的培养过程中，引入古代文学课程，从长远来看，能够改善中国动漫的这种不良倾向，有助于推动和实现中国动漫民族化的突破。中国古代文学有着悠久的历史，丰厚的底蕴和独特的民族韵致，其中数量众多的神话传说和数不胜数的民间故事，都是非常丰富的动漫素材，也是积淀千年而成的民族文化符号。它们在世界范围内，有着广泛的受众。把对古代文学资源的挖掘和转化放在一个战略高度上，进而加强对动漫人才的古代文学素养的培育，以便于打造出中国动漫产业的东方竞争力，制作出真正具有中华民族文化特色的动漫产品，形成中国动漫独特的资源优势与创作魅力。

4.2 有助于丰富和提升中国动漫的创作内容

很多人认为推动国产动漫的发展，需要大力培养动漫技术人才。笔者无意于否定技术对动漫发展的重要性，动漫技术人才的培养和技术水平的提升确实有助于提高动漫作品的艺术表现力。但是，形式从根本上来讲是为内容服务的，再好的表现技巧和制作技术也要依附于作品的内容和底蕴。就一个国家的动漫发展而言，技术上的不足可以通过引进或外包的方式来弥补，而内容上的不足，却很难找到契合本民

[1] 湘明．魔比斯环：中国动画无底之渊 [J]. 科学大观园，2008(12).

族文化的外脑。中央电视台动画技术师王均便曾感叹："其实我们在制作技术上与国外的差距还是次要的。只要你舍得花钱，技术是可以引进的，但故事不行，一个国家有一个国家的文化。"❶业界的很多有识之士都已发现制约国产动漫发展的核心问题并非形式和技术而是内容和艺术。很多影视评论家也一针见血地指出：在中国动漫失败的诸多原因中，内容的失败是首要原因。中国传媒大学动画学院石民勇副院长曾明确指出："和美、日等国相比，我们的落后是全方位的。"这种落后首先显示为剧本的故事内容差，"既没体现出民族特色，也没有让人亲近的价值观，以致大人不屑看，小孩不爱看。"❷许多在动漫产业一线的从业人员也有着类似的共识，北京辉煌动画公司的袁志刚曾指出："动画是内容为王的。如果我们的内容够精彩，那么即使是在与外国动画竞争的情况下，也应该有自己的市场。因此，我们遭受的毁灭性打击，根源在于我们的内容不具有竞争力。"❸国产动漫要走出困境，必须认识到内容的重要性，学会从丰厚的文学经典中去汲取力量，重塑古代文学传统。

动漫作品的创作有两种情况：一种是原创；另一种是改编。改编一向是形成动漫作品的重要途径，很多成功的动漫都源于对经典文学作品的改编。古代文学作品大多是中国历史上杰出作家的创作结晶，它们在形象、语言、情节、结

❶ 7年国产动画片败给境外对手[N].法制晚报，2007-08-17.

❷ 7年国产动画片败给境外对手[N].法制晚报，2007-08-17.

❸ 中国动漫的中国式困境如何找到出路[J].人物周刊，2009-09-21.

构等方面都不乏亮点，完全可以为动漫创作提供可贵的独特的素材，完全有望为中国动漫输送宝贵的养分，形成中国动漫的源头活水和文化资源宝库。在动漫人才的培养过程中，强化对其古代文学素养的培养，有助于提升动漫从业者开发文化资源的能力，为中国动漫内容的丰富和改善做出积极的贡献。

4.3 有助于弥补动漫艺术年轻缺乏沉淀的弱点

与音乐、文学、绘画等传统艺术形式相比，动漫无疑是一个新生儿，成长的历史是非常短暂的，由此也会不可避免地造成其传统文化积淀的不足。动漫这种新型的艺术形式，如果想迅速走向成熟，焕发更为丰厚的文化魅力，必须考虑吸收其他艺术形式的文化元素为自己所用，进而充实自己的文化内涵。从这一意义上讲，古代文学无疑可以成为一种非常重要的文化来源。

具体来看，选择古代文学作品来开展动漫创作具有切实的可行性。众所周知，古代文学有着悠久的历史，汇聚和浓缩了数千年的人文历史、民间智慧等精神文化，这正可作为动漫艺术文化性缺失的有效补偿。同时，古代文学自身所具备的幻想性、浪漫主义特征又与动漫有着异曲同工之妙，完全可以成为推动动漫艺术健康发展的重要动力，成为夯实动漫文化积淀的重要因素。事实上，从动漫产生至今，动漫艺术一直在吸收和借鉴着古代文学题材。从世界范围来看，对民间传说、远古神话等古代文学故事的吸收或改编已成为动漫创作的主流形态。动漫创作者已经意识到从古到今的众多志怪小说、奇人逸事、演义作品能够为动漫创作提供非常丰富的创作素材。客观而言，古代文学作品不仅是动漫创作的重要源泉，也是众多动漫创作者灵感的发源地。动漫的创作实践表明，选择一部古代文学作品进行改编，其难度要比原创动漫低得多，而且讲述的故事往往更经典、更具有吸引力。可以说，在动漫作品的创作中，使用古代文学作品作为母本是一种创作上的捷径，同时可以有效弥补动漫缺乏文化沉淀的不足，具有事半功倍的效果。

然而，让动漫从业者切实地掌握这一捷径，一定要以对古代文学作品的充分了解和理解为前提。这就需要在动漫人才的培养阶段，就积极地植入古代文学课程，从而为日后借鉴古代文学作品来开展动漫创作奠定基础。

4.4 有助于健全动漫产业的人才结构

由于动漫作品的生产直观地显现为技术人员的加工制作，所以很多人认为动漫产业最需要的是动漫技术人才。毋庸置疑，技术水平会直接影响到动漫作品的艺术表现力。一部动漫作品，能在多大程度上冲击观众的眼球，将取决于动漫作品技术水平的高低。但一部动漫作品，能在多大程度上冲击观众的心灵和思想，恐怕仅靠技术就远远不够了。当前，国内从事动漫制作的机构和人员数量不少，制作水平也逐渐被美、日的一些动漫公司认可，很多国内的动漫公司承担着为国外公司代加工的任务，这显示出中国动漫的制作水准并不落后，所以技术水平有限并不是制约动漫发展的全部或根本原因。另外，从历史的角度来看，我们曾经制作的一些优秀动漫，如 20 世纪 60 年代创作的《大闹天宫》，当时的技术条件远不如现在，但其艺术成就恐怕为现在的很多动漫作品所不及。所以，一味强调制作水平的重要性，恐怕并不能解决中国动漫产业的发展问题。中国动漫产业的发展，需要构建集创意、制作、发行等为一体的专业队伍。目前，在动漫产业创意队伍的构成中，有八成以上是学 IT 出身的，对叙事、导演、剧作、语言等缺乏深刻的认识与理解，很难真正承担起创意和创作的任务，严重制约着中国动漫作品的原创水平。

将古代文学课程引入动漫专业的课程体系，借助丰富的古代文学资源为学生提供创意素材，有助于提升动漫从业者的创新能力，有助于强化对动漫创意人才的培养。从长远来看，它将有助于改善中国动漫片面强调技术的倾向，并有利于完善动漫产业的人才结构。

综上所述，将古代文学课程引入动漫专业课程，具有多方面的意义。培养具有创新能力的动漫人才，突破制约动漫产业发展的瓶颈，不是一蹴而就的事情，需要长期的理论和实践摸索，而引入古代文学课程不失为一种有益的尝试。

第 5 章　国产动漫应回归民间文学传统

国产动漫主要取材于民间文学，如我们熟知的《大闹天宫》《葫芦娃》等。民间文学是一个无尽的文化资源宝库，曾经为国产动漫的发展提供了源源不断的灵感和活力。但反观当下的国产动漫，却在发展道路上迷失了方向，患上了“失语症”和“失忆症”。前者表现为严重缺乏想象力和创造力，无法与美、日等动漫产业发达国家展开有力竞争，以致在国际漫画界丧失话语权；后者表现为在国际化浪潮中，遗忘乃至背弃了民间文学传统，失去了“民族性”这个立身之本，导致受众严重流失，市场规模不断萎缩，市场危机重重，生存和发展前景令人担忧。因此，本节对当下国产动漫的现状展开调研分析，希望能够找出产业存在的问题，通过针对性的解决办法，改善国产动漫的生存状态，进而推动我国动漫产业走向现代化、国际化和产业化。

中华民族有着几千年的优秀传统文化，这是国产动漫最重要、最珍贵的资源宝库。但从当下的实际情况来看，国产动漫却与传统文化呈现出逐渐背离的状态，相互之间隔阂深远，主要表现为不能正确地挖掘、运用和表现这些文化素材，从而失去了生存的根基，陷入了生存的困境，导致我国丰厚的民间文学资源得不到有效的开发和利用，造成了资源的浪费。与此同时，国外的动漫却对这些文学资源虎视眈眈，不但因此获得了巨大的经济效益，还实现了文化浸透。

5.1 被冷落的民族文化

动漫艺术与童话之间有着密切的关系。可以说，动漫主要采用童话式的想象展开，民族文化精神是其重要依托。这就使动漫常常带有鲜明的民族风格，无论中国还是国外动漫概莫能外。即使时代不同，动漫的制作技术与手段也在不断变化，但这一依托则始终不变。只有具有鲜明民族风格的动漫作品才会被观众接受和喜爱，从而带给观众审美享受。在国际动漫市场上，美、日两国的动漫占据着重要地位。美国动漫主要采用高科技、大手笔的制作方式，带给观众以震撼的视觉审美感受。日本动漫则有所不同，其科技含量相对较低，制作成本不高，但同样受到了全球动漫观众的热捧，其主要原因就是作品中蕴含着浓郁的民族风格。民族化对动漫的重要性由此可见一斑。反观国产动漫，从 20 世纪 90 年代开始就迷失了自我发展的方向，一味地跟风模仿美、日动漫，逐渐脱离了民族传统文化，找不到自己的立足点。

这里，笔者以一部典型的国产漫画电影《魔比斯环》为例。从技术上讲，该动画片有着较高的制作技术，其三维技术几乎代表了中国动画在同时代的最高水平。在制作上，制片方也花费了不少的精力，是一部大制作。然而，其票房却惨不忍睹：上映后首周票房只有200万元。究其原因，是该片缺失文化传承，无法让国内观众产生文化认同感。《魔比斯环》制作方的关注点显然在“国际化”上，民族性完全被忽略。在制作上只重视技术而忽视了艺术，民族文化底蕴和民族特色缺失导致文化错位，使该片呈现出不伦不类的风格。

首先，电影的名字就是一个洋名，让国内观众摸不着头脑，不知道是国产片还是进口片，也无法揣测其讲述的是哪个国家的故事；其次，角色形象也为欧美人，对白也为英文；再次，故事创意来自法国让·纪劳的漫画，同时，采用了《哈姆莱特》的故事原型，讲述了一个带有魔幻色彩的平庸故事，具有明显模仿西方科幻大片的痕迹，很难形成吸引力。中国艺术研究院院长助理贾磊磊评价该片：无论是角色的设计，还是故事情节安排都采用西方的方式，几乎看不到中华文化元素。郑洞天指出，《魔比斯环》就是西方文化元素的一个拼凑，并且抄袭模仿痕迹严重，其故事是抄袭国外的，场面模仿的是《星球大战》，战争模仿的是《指环王》，城市构造模仿的是《第五元素》，中国文化元素严重缺失。片中集中了当下最流行、最前卫的炫酷元素，在表现手法上也完全西化。唯一能够看到的中国文化元素就是几个中国龙的镜头和一段中国功夫打斗场面。可以说，“中国”元素在《魔比斯环》中完全缺失，观众无法感受到中国文化的存在，甚至对该片产生了文化背叛的印象。对此，有评论家说："完全用西方文化的叙述方式展开电影故事，这样的中国产品就失去了竞争优势，很难和国外作品进行竞争"。

动漫需要鲜明的民族性，因此动漫创作需要具有民族自信。如果一味地迷信西方文化，自暴自弃，甚至将作品的质量归结于技术因素，忽视了文化在作品中的地位，这将会使国产动漫走进死胡同。现实中有一些动漫创作者，忽视自己的民族文化，眼睛紧盯国际市场，甚至套用国外的表现手段，创作出不伦不类的动漫作品，这是一种舍本逐末的做法。动漫艺术是一种艺术形式，其核心要素是"艺术性"，并非仅依靠高科技就能得到完美的故事表现。面对当下萎靡不振的国产动漫市场，国内观众的厌弃心理日益严重。对此，动漫界也是束手无策。反之，我们来看看国外动漫对他国传统文化的运用。最典型的例子是美国制作的两部"中国风"动画片:《花木兰》和《功夫熊猫》。尽管这两部动画片都取材于中国传统文学故事，但美国的制片人采用了自己的表现手法和本国的元素，其精神内核依然是美国文化。反观国产动漫，其实也曾经有过自己辉煌的历史。20 世纪的六七十年代，在经济、人才和技术条件都十分落后的背景下，中国曾创作出一批经典动画片，如《大闹天宫》《哪吒闹海》等，成为中国几代人共同的童年记忆，直到今天仍然受到人们的喜爱，成为经久不衰的经典。当下的动漫制作者应从中获得启迪和借鉴。著名表演艺术家六小龄童指出："我们的动漫制作人眼睛总是瞄着西方的东西，却对自己身边的宝藏视而不见，而国外文化人却将我们的传统文化当成宝贝。”中国动漫要真切地获得发展，需要尊重和关注自身的文化传统与文化元素。唯有如此，才能形成真正有文化风格的动漫作品。

5.2　国际动漫中的失语状态

从现状看，国产动漫的问题主要有两个：一是抱有崇洋媚外心态，一味模仿国外动漫；二是缺乏文化自信，对中国的优秀传统文化理解和认识不够深刻，从而离弃了自身的民族文化。一些动漫电影尽管取材于中国传统文化，但完全采用西方的表现手法，使民族文化精神彻底遗失，从而丧失了核心竞争力，在国际动漫市场上丧失了话语权。这一点在《梁祝》这部动画电影中有着充分的体现。

《梁山伯与祝英台》是我国家喻户晓的民间故事，也是我国“民间四大传说”之一，存在于各种文艺形式中，形成了一种广为人知的“梁祝文化”，深受民众的喜爱。2003 年，上海美术电影制片厂和台湾中影公司联合打造了《梁祝》这部动画片。无论从投资还是演员方面都可谓大手笔，投资方立志要将该片打造成东方版的《罗密欧与朱丽叶》。在音乐方面，制片方采用时下深受年轻人喜爱的 R & B，一改《梁祝》之前的戏曲风格（如越剧、黄梅调等）；在演员的造型方面，男女主人公分别由萧亚轩和刘若英出演。刘若英也具有古典美女的气质，适合祝英台这个角色。但制片方对祝英台的定位显然并非中国传统意义上的女性，不但演员的造型与迪士尼的花木兰十分相似，性格比花木兰更加泼辣，完全没有中国传统女性的风韵，就像是一个穿着中国服装的西方现代女性。剧中的男二号马文才由台湾著名主持人吴宗宪担任配音，并采用 R & B 的说唱方式演唱其中的插曲。尽管这样的方式为该剧增添了一些诙谐的喜剧色彩，但却与电影的主题不协调，显得不伦不类，似乎只是为了搞笑而搞笑。当然该片也有成功之处：其一，选题立意源于中国传统文化，具有较强的民族文化底蕴；其二，场景设计追求写意，具有较高的视觉审美感；其三，具有较强的再创作性，加入了一些戏中戏，使原本单一的故事情节变得丰富，提高了作品的可观性；其四，演员阵容强大，将影片打造成一出现代偶像剧，增强了电影的吸引力；其五，加入小宠物，使影片的动漫意味更强，并提升了影片的趣味性。但该片的硬伤也很明显，可谓是“有形无神”，即表面上是演绎中国传统的民间故事，但却没有抓住中国传统文化的精髓，相反大量运用西方通俗文化元素以及表现手法。影片中出现了许多意义不明的元素，不但与主题毫无关联，还损害了主题表现。因此，有评论家指出：“《梁祝》不仅要‘减肥’，而且要‘整容’。”模仿学习是一种进步的手段，并非不能运用，但放弃文化内核的模仿则可能步入歧途。就艺术形式而言，模仿终究是模仿，是一种外表形式的相似，而灵魂是无法模仿的，即使模仿得惟妙惟肖，也只是徒有其表，没有自己的核心精神。只有立足于自身的民族文化，把握民族特色，积极创新探索，找准自身的定位，才能赋予作品以灵魂。这样的作品才能充满生机和活力，从而获得大众的喜爱。因此，模仿学习的最终目的还是要确立起自己的风格，如果没有坚持和创新，只会抄袭模仿，就会失去自己的艺术风格和特色，这样的艺术作品难以获得成功。

5.3 外来动漫对中华民族文化的重视

1998 年，美国迪士尼出品的动漫电影《花木兰》在全球上映，获得了市场的一片喝彩，收获了优异的票房成绩。很多中国人在喜爱这部影片的同时，在思考一个问题：为什么我们的动漫人对自己的优秀传统文化视而不见，却在西方人的手中大放异彩？可以说，该片带给许多文化人以深深的反思和警醒。另外，影片中尽管讲述的是我国的传统故事，但其核心精神却是美国文化精神。

2008 年 6 月，美国再次推出一部中国文化动漫电影——《功夫熊猫》，并再次引发了中国动漫界乃至文化界对民族传统文化挖掘运用的思考。该片有两个核心元素：一个是中国国宝熊猫，这是中国独有的世界珍稀物种，作为中国的国宝，它还是国际动物保护基金会的标志；另一个是中国国粹“功夫”。“功夫”，是中国独有的文化标签，是中国传统文化的精髓之一。功夫电影对中国功夫在西方世界的传播功不可没，很多西方人通过这类电影了解了中国功夫。李小龙是中国第一个走向世界的武打明星，对中国功夫在西方社会的传播有着巨大的贡献。其后，有李连杰、成龙等功夫明星进军好莱坞，使中国功夫在世界上广为人知。很多西方人由此迷恋上了中国功夫。该片以“功夫”和“熊猫”这两个中国独有的文化符号为题材，光听片名就能够感受到浓浓的中国文化韵味。中国文化精神体现在影片的各个细节中，营造出浓郁的中国风情。《功夫熊猫》并非简单地堆砌中国元素，这一点体现在影片的各个环节中：首先，制作方梦工厂采用中国风来重新设计自己的 Logo 标识；其次，片中垂钓男孩的打扮完全是中国传统的侠客打扮：头戴斗笠，身穿短打装，手持少林棍，用蜻蜓点水的轻功行走方式，穿檐过户，跃上月牙；再次，画面背景采用中国传统水墨的意境，熊猫、功夫、书法、针灸、豆腐、桂林山水等中国元素在该片中比比皆是；最后，在对白上，对中国特有的元素都采用中文发音等。因此，观众在观看过程中，普遍没有文化疏离感，往往认为这是中国制作的动漫片。实际上，该片的故事情节并不离奇和神秘，就是一个老套的正义战胜邪恶、草根逆袭的武侠故事，与我们平常看的武侠小说并没有什么不同，但其中体现的是美国的英雄文化——个人英雄主义的精神。它同很多好莱坞电影一样，善于赋予观众对人生、生命的思索与探寻。通过对中国传统文化元素的运用，将一个虚幻的侠客故事演绎成富含人生哲理且耐人寻味的故事，带给人以生命的感悟，滋生着触动人心的力量，使观众能够更好地认识和了解中国文化。对于中国观众来说，能够重塑自身的文化自信，增强对自身民族文化的认同感，这是该片最大的成功之处。经过制作方别出心裁的立意设计，代表着西方文化的“美国梦”与中国文化糅合在一起，达到了高度的和谐统一。对于拍摄这部影片的原因，《功夫熊猫》的导演约翰·斯蒂文森（John Stevenson）是这样介绍的：每个人的心中都有一个“英雄”，尤其是少年的时候，成为一名“侠客”是我们最大的梦想。同时，我十分热爱中国文化，尤其是中国功夫。因此，我就想要拍摄一部这样的作品。通过这部动画片表达我对中国的情感。该片的副导演马克·奥斯本更是一位“中国通”，他不但十分熟悉中国文化，还是一位中国功夫的热爱者。对该片的诞生和制作起到了积极的推动作用。在拍摄该片之前，剧组的制作队伍观看了许多香港功夫片，有的工作人员还开始学习中国功夫，只为了获得最好的功夫动作设计。而片中那些华丽的中国古代建筑、山水风光，则是影片的美术总监花了 8 年时间钻研中国文化的结果。

《功夫熊猫》一面世就获得了广泛的好评和全球观众的追捧，从而给制片方带来了丰厚的票房收入。数据显示，该片在北美公映后的第一周，票房成绩就达到了 6 000 万美元，为好莱坞所有动画片之冠；在中国市场上，尽管遇到了一些不利因素的影响，但丝毫阻挡不了观众的观影热情，上映的首周票房成绩为 3 800 万元。由此可见，我国观众对这只“洋熊猫”阿宝的喜爱。到当年年底，该片全球总票房达到了 6.32 亿美元，占据了当年年度电影票房排行榜前三的位置。时隔三年后，3D 版《功夫熊猫 2》在中国市场上映，第一周的票房就超过了 1 000 亿元，上映 10 天接近 4

个亿，成为中国动漫市场上票房成绩最好的影片。影片的开头是中国的剪纸艺术，一下子将观众带入浓郁的中国文化氛围中。就形式而言，该片是一部正宗的中式武侠电影，但内容又“非常美国”，为典型的美国英雄故事。故事以主角阿宝拯救凤凰城的冒险经历展开，最终他了解了自己扑朔迷离的身世。因此，这个过程是他追寻自我的心路历程，从而领悟了“我是谁，我从哪里来”的人生命题。最终，他获得了人生的感悟，从而“静下心来”，用中国的太极拳式的功夫“以动制静”，打败了白孔雀沈王爷，阻止了他称霸中原的野心。从风格上看，第二部与第一部有着明显的差异，前者更关注亲情，用许多笔墨描写了鸭爸爸与阿宝的父子情深；而后者则更注重励志，弘扬积极向上的精神。该片的成功当然离不开精心的制作，如阿宝梦见父母的片段只有 2 分多钟，但为了保证画面的效果，制作团队特别采用手绘形式，10 多位画师花了 3 个月时间，画了 3 000 幅画，才完成了这个片段。由此可见，国外动漫制作者精益求精的精神。

直到影片的结尾，屏幕上出现了英文制作团队的名单，很多观众才惊呼“上当”，他们一直以为这是中国人制作的电影。他们简直不敢相信“洋人”能制作出如此“中国化”的电影。最不具有历史文化底蕴的美国人来演绎世界上古老的国度——中国的传统文化，并且能够运用得如此行云流水，带给观众的不仅仅是视觉上的冲击，还有心灵上的震撼。1998 年，《花木兰》进入中国电影市场，就引起了许多人的思考；这次的《功夫熊猫》带给国人的除了震撼，还有文化产业上的刺痛。而国产动漫制作者面对这一切似乎无动于衷，没有任何的反思。这些宝贵的民族文化资源就这样白白地为他人所用，归根结底还是我们自身的问题。

面对这样的情况，笔者认为，国产动漫要想走出困境，回归民族传统文化是根本之道，我们需要重塑文化自信，深刻认识我国优秀传统文化的价值，将其作为无尽的、宝贵的文化资源，积极挖掘和运用它们。在运用这些文化资源时，要植入历史和思想内涵，同时依据当下的大众文化特征，实现两者的深度结合，创作出既能吸引观众又具有东方文化意蕴的动漫作品，赋予作品以生命力。

有学者指出，《功夫熊猫》之所以能够受到全球观众的追捧，这恰好暴露出中国电影产业的根本问题，即对本民族文化缺乏深刻的理解和认识，从而导致文化视野的狭窄和创造力的匮乏。同时，反映出中国缺乏文化竞争力的事实，这其中的原因是对文化资源不够重视，尤其是珍贵的传统文化资源普遍处于无保护状态，开发意识不足，创新能力薄弱。

5.4 国产动漫亟须回归民间文学传统

有人认为，制作技术对提高动漫作品的艺术表现力有着重要的影响，因此动漫艺术应更关注技术。对于这个说法，笔者认为，尽管制作技术水平对动漫作品影响较大，但只属于作品的形式，文化底蕴才是一部动漫作品的核心。如果一味追求形式而忽视内容，就像一个穿着华丽外衣但心灵丑陋的人。对于动漫艺术来说，这是舍本逐末的行为。对于艺术作品来说，形式终归是为内容服务的。因此，无论怎样的制作技术和表现手法也无法弥补内容的先天不足。在这方面，《魔比斯环》就是一个典型的反面教材。对此，中央电视台动画技术师王均说出了自己的亲身感受："与国外相比，我国的动漫问题的根源在于缺乏好的故事，使作品失去民族的文化底蕴。制作技术是一个成本的问题，可以通过资金投入而解决，因此制作技术根本不是问题。"例如《魔比斯环》这部影片，在制作技术上可谓国产动漫技术的最高水平，画面制作十分精良，但可惜的是，题材和内容以及表现手法完全西化，使观众"水土不服"，失败也就在所难免了。美国动画家哈拉斯也评价道：中国的动漫作品要有中国风格，如果一味模仿美国，那就不用拍动画片了。众多影评人都认为，中国动漫失败的关键因素是缺乏优秀的剧本。中国传媒大学动画学院副院长石民勇教授指出："我国动漫全面落后于美、日等动漫大国。首先就体现在缺失好的故事，即没有好剧本，成人一看就感觉胡编滥造，既没有民族特色，也没有让人赞同的价值观，最终导致儿童与成人都不愿意看。"这些评价都指出了国产动漫面临的根本问题：缺少好的内容和艺术性，而非制作技术水平不高。因此，回归内容才是国产动漫走出危机的关键。北京辉煌动画公司的袁志刚说：动画是内容为王的，只要有精彩的内容就可以占据自己的市场份额，才能与国外动漫展开竞争。但我们的内容缺乏竞争力，这才使国产动漫陷入全军覆没的境地。

剧本乃“一剧之本”，在一部动漫作品中居于纲领性的地位，直接决定着作品的质量，从而决定着作品的成败。具有较高的思想内涵，能够吸引观众才是优秀的动漫剧。因此，动漫剧本创作是动漫制作的一项最关键、最基础的工作。日本著名电影导演黑泽明指出：剧本决定着一部影片的命运。对于导演来说，要创作一部成功的电影，第一步就是要能够找到一个好剧本。所谓好剧本，要具有感人的故事情节和梦幻般的想象场景。剧本创作既有原创，也有改编。从数量上看，改编自民间文学和文学经典名著的数量最多。这两类改编造就了众多成功的动漫作品。

立足本土文化，这是动漫编剧的指导思想。这就要求动漫创作者要树立文化自信，不跟风国外动漫创作，有自己的文化坚守。从自己的传统文化土壤中汲取营养，深入挖掘其中的民族精神，反映本民族的思想价值观，展现民族性格，从而赋予作品以深厚的民族文化内涵和深邃的底蕴。对于文化艺术来说，“只有民族的才是世界的”，国际性与民族性密不可分。加拿大动画教育家 RobinKing 教授说过：中国的悠久历史文化以及众多的优秀文学作品能够为动漫产业创作提供丰富的营养，因此“中国动漫产业要用自己的方式来诉说中国自己的动漫故事”，无须照搬美、日的形式。

中国动漫应重视传统文化资源的开发、创新和利用，这是自身拥有的优势。而形式上的技巧可以通过学习而达到。对于中国动漫产业来说，自身坐拥无数的珍贵文化资源，犹如一座巨大的文化矿山，其中包括数不尽的民间故事、神话传说以及鲜明的民族特色。我国从 1984 年开始开展了大规模的民间文学资料采集工作，经过众多学者的搜集整理，编成了三套民间文学集，并于 1990 年发行初版，包括《中国民间故事集成》，共包括 183 万篇在我国各地流传的民间故事传说、神话；《中国谚语集成》，共有 784 万条民间谚语；《中国歌谣集成》，共有 320 万首在全国各地流传的民间歌谣。这“三套集成”的内容补充到 2004 年才完工，相比 1990 年的初版，各项数据都有了很大程度的增加。此外，还有各地地方民间故事集成，如《四川省故事集成》就收集了民间故事 16 万余篇。这项工作共历时 20 年，发掘出大量沉睡的民间传统文化艺术资源，是一项具有重大意义的文化建设工作。

综上所述，国产动漫要形成自己的核心竞争力，就要站在产业全局的高度，以本土文化资源为核心制定自身的发展战略。首先，要重视熟悉民间文化人才的吸收和使用，使他们能够充分利用本土文化资源进行剧本的创作；其次，在制作上注重中华民族文化特色，并以此作为对外竞争的利器；再次，注重品牌打造，通过加大产品宣传推广的方式，提升自身的知名度，逐渐打造起具有中国风格的动漫产业品牌，增强产业的竞争力，以此为基础逐步实现国产动漫的产业化和国际化。走出一条“资源—产品—品牌”的战略发展之路。

第 6 章　电影风靡背景下的文学失落

电影这种艺术形式自诞生以来，就与文学之间有着密不可分的关系。具体体现在：电影无法脱离文学这个重要元素，其演绎内容往往来源于文学创作；但电影却有着要摆脱文学的原生性要求，即“去文学化”。当下，人类进入了消费时代，文化消费大行其道，文化成了一种商品，电影同样如此。随着数字技术的高速发展，文学性逐渐被电影抛弃，代之以极端视听主义，以感官美学为唯一的追求。文学是否仍具有存在于电影中的价值，是一个值得文化界深思的问题，因为不仅与文学的发展相关，而且决定着电影的未来走向。

本节以传统的文学研究中的“文学性”为切入点，对电影和文学两种艺术形式展开探讨，将其作为二者共同的精神指引和艺术追求。在探讨过程中，笔者借用理论界提出的“文学性”和“电影的文学性”议题，对这两种艺术形式在艺术史上“分子间力”的奇特关系进行深入的剖析。最后，笔者提出自己的看法，即文学性的失落是当下文学和电影的共同弊病，也是这两种艺术形式陷入困境的根源。因此，笔者认为，当代电影应注重自身的“文学性”品质，积极回归文学，充分利用文学这一要素，构建起“文学电影”的样态，使这两种艺术形式都能够重新焕发艺术活力。

6.1 电影的“类文学化”与“去文学化”

电影是一种现代艺术形式，与文学艺术相比还十分年轻，被称为“第七艺术”。从电影诞生之日起，文学不仅仅是其主要素材来源，还是其表达技巧的“老师”，对于电影艺术的发展有着重要的促进作用。但在电影艺术的发展过程中，两者之间的关系却变得非常微妙，处于不断变化的状态。就其先天性的需求来看，电影艺术在成熟后有着“去文学化”的要求，但在实践中却无法真正远离文学，即无法实现二者的真正分离。因此，电影对文学的依赖与隔离始终伴随着电影史的发展，并且有着丰富的含义。

从电影的艺术发展历程来看，在不同的时期其对文学的依赖有着较大的差异，但有一点毋庸置疑，即电影的艺术性来源于文学的介入。电影艺术出现在 19 世纪末，当时的电影并没有艺术属性，就像照相机，只是对生活场景的机械记录，形成的影片就是纪录片。可以说，初期的电影只是一个记录生活场景的工具。对此，乔治·萨杜尔（George Sadoul）有着深刻的认识，他指出，只有改变电影的功能，才能使其得到发展。于是，不少电影制作人展开了电影技术探索，包括特效、美工等，并且开始用电影来讲述故事。由此，出现了一批最早的故事电影。例如，1899 年的《灰姑娘》、1902 年的《从地球到月球》以及《浮士德》《哈姆雷特》等。其中，以导演乔治·梅里爱最为知名。这些影片都是由文学名著改编而成，文学成了电影故事题材的来源。文学也自此介入了电影艺术。梅里爱的影片不仅仅表现文学作品中的故事内容，还借用文学的叙述手法来展开情节设置和气氛的营造，加之技术探索带来的视觉趣味，电影表现的内容有了艺术感染力。梅里爱用文学让电影具有了艺术性，摆脱了电影先天记录工具的身份。

由此，电影进入了“类文学化”的创作发展历程。人们发现了电影的一个重要特点：很适合讲故事。美国的导演拍摄了一批十分精彩的故事电影，受到了观众的大力追捧。在电影中，导演充分借鉴文学的叙事手法，对情节进行设置，营造情感体验，产生了良好的艺术效果，形成了成熟的电影叙事手法。这些叙事技巧都成为电影制作的范本。其中，有着“电影艺术之父”之称的大卫·格里菲斯（David Lewelyn Griffith）在叙事手法上有着自己独特的创新。例如，在《党同伐异》一片中，就创造性地采用了“平行蒙太奇”的叙事手法，通过对故事结构的拆分组合，形成了四条主要线索，采用平行推进的方式，产生了蒙太奇的表意作用，从而来表达人性的残忍与宽容这样一个艺术主题。通过这样的表现方式，赋予该叙事手法以复杂、精致、超前的特点，使影片具有了史诗气质。这种气质与之前的《百年孤独》《战争与和平》等文学作品相类似。由于内容形态的相似，电影从文学作品中选取素材就是一件十分自然的事。历史上，众多的经典文学作品都曾经被改编为电影。即便是非改编的电影剧本也大量借鉴文学作品的叙事手法和叙事技巧。就分类而言，故事电影占据着经典电影的主要比例。因此，大多数电影制作者都认为“电影是一种以视觉手段讲故事的艺术”；米洛斯·福尔曼（Milos Forman）认为，电影制作者的任务就是“用电影去讲故事”。而讲故事这个创作行为带有强烈的文学性。因此，从电影的发展历程来看，尽管在不同时期有着不同的媒介技术，电影也会呈现出不同的面貌特点，但在内容上始终有着鲜明的文学色彩。

电影的理论研究与电影创作对文学有着不同的态度，表现为前者力主电影要远离文学，而后者则主动向文学靠拢。电影理论家以“电影本体”为追求目标，重视电影艺术形式本身的先天优势条件，即视觉形态，希望能够以视觉元素为基础搭建电影自身的理论体系。例如，卡努度将电影创作者称为“光的画家”，认为电影首先应该是一种视像，即通过事物的外表来表现生活的本质。在他的理论影响下，法国出现了一批“印象派—先锋派”理论家，他们崇尚“光影”，将其作为电影艺术的精髓。其中，杰·杜拉克（Germain Dulac）提出，电影创作者应注重视觉性元素，注重深入挖掘视觉艺术内涵，从中寻找创作灵感和激情；路易·德吕克（Louis Delluc）提出“上镜头性”，即视觉感受应是电影创作者把握的重点；于果·明斯特伯格从认知心理学角度展开研究，重点关注观众在观影活动中的视像感知体验；鲁道夫·爱因汉姆（Rudolf Amheim）指出，电影要具备艺术性就要对现实进行艺术创造，而非再现现实。这些学者尽管有着各自的看法，但有一个相同点：认为电影的“第一性”是视觉性。据此将电影与其他艺术区分开。上述的观点看起来似乎很有道理，但在实践操作中却不具备可行性，主要问题在于如果不借助文学研究的方法和体系，单纯依靠纯粹的视觉性就无法有效地支持电影表意，电影研究也就失去了重要的参照。莱翁·慕西纳克提出“电影诗”的概念。在该概念影响下，俄国形式主义者在研究电影艺术时采用文学研究方法，研究者分成了两派：一派持“诗歌式”电影观点，如意大利的帕索里尼、法国的阿杰尔等人；另一派持“散文式”电影观点。匈牙利的巴拉兹·贝拉对文学语言与电影语言进行了全面的分析与比较，找出了两者的共性和个性，从而对电影的语言特性进行阐述。他的理论对电影理论研究者有着极大的启发，据此展开了对电影语法规则的研究。爱森斯坦则希望通过探索创新，创建电影自身的语言体系，能够实现自我表意，从而摆脱对文学的依赖。

综上所述，尽管电影理论追求“去文学化”，但还是借鉴文学研究理论和方法论进行电影研究，因此这种“去文学化”本身就是一种不彻底的行为。

对于这种现象，法国理论家让·爱浦斯坦（Jean Epstein）指出：每种艺术都有自己的领域。该领域最大的特征是具有“私有性、排他性、自主性、特殊性”，电影也是如此。因此，其应极力避开所有会对其产生不良影响的事物。电影艺术自身有着原发性需求，即想要划立一个属于自身的艺术疆域，这是促使电影理论产生“去文学化”观念的根源，即希望通过两者的分离来摆脱对文学的严重依赖。但电影内容在经典电影理论时期依然是理论界的一个关注点。路易·德吕克（Louis Delluc）指出，“言之有物”是电影作品最大的价值；对于一些研究者提出的“重形式轻内容”的观点，巴赞也明确表示不赞成。从现实情况看，理论探索往往能够掀起一波波的电影创作热潮，与当时的社会文化思潮相契合。例如，在这些理论的指导下，出现了多种流派的电影创作模式：法国“新浪潮”电影、意大利新现实主义电影等。而现代电影理论出现了一个明显的变化，即电影美学研究发生了较大的转向，即更加关注符号学以及叙事学等内容，这是因为研究者的研究重点转变为电影表意机制和创作机制。贝·迪克等人则强调电影艺术的形式，认为内容对于电影是一项无关紧要的因素。至此，电影理论纯粹从技术层面展开探索，使电影与文学相分离，导致电影创作失去了有效的理论指导。

从电影艺术的发展历程来看，电影与文学之间的关系呈现出曲线发展的特点。总的来说，电影对文学持有的是一种“利用”态度，即当自己需要具有艺术价值时，就会积极主动地寻求文学的帮助；而当需要确立自己的艺术特性时，就想要摆脱文学，构建起壁垒。

6.2 文学的“边缘化”与“电影化”

回顾中国电影发展史，中国电影理论的话语脉络可以从不同时期对电影与文学关系的态度上体现出来，主要有以下三次。第一次，从20世纪20年代开始，向文学靠拢是电影理论界的一致观点。当时处于中国电影发展初期，电影被视为表现文学的一种手段，因此被称为“影戏”。郑正秋指出，电影与戏剧之间在艺术本质上相同，“是不开口的戏”。周剑云认为，电影与文学都是表现思想的形式，区别只是技术手段不同。著名学者郁达夫也曾经呼吁电影创作者要在创作中注重吸收文学的精华。由此可见，当时的电影十分依赖文学。第二次，20世纪60年代，一些学者对电影剧本的创作与文学创作的关系展开研究，认为二者之间具有许多共性，主要体现为艺术追求和艺术规律一致，并且二者存在着同样的问题，如对白较为啰唆、人物冗杂等 。可以看出，在这一时期中，电影与文学的密切关系仍然为理论界所公认，将电影看作是文学在屏幕上的延伸和另一种表现形式，对电影艺术自身规律的关注度较低。第三次，自20世纪80年代始，随着我国电影的发展，对电影艺术的研究讨论逐渐增多，形成了多种观点。当时的电影创作出现了重形式的倾向。对此，张骏祥强调电影是完成文学的一种手段，“不要忽视电影的文学性”，电影的艺术质量取决于文学价值。对于该观点，一些学者表示赞同，如王愿坚认为“电影就是看得见的文学”等。但也有不少学者表示反对，认为该观点破坏了电影艺术的完整性，忽视了电影的特殊性。从这三次讨论来看，讨论的关注点不是技术层面，而是艺术“本性”，强调电影内容，将电影摆在低于文学的地位上，视其为一种文学表达工具，即文学能够以独立的艺术形态存在，而电影必须依附于语言文学，从而构成了历次讨论的基调。这与西方电影理论研究“去文学化”倾向有着巨大的差异。但令第三次讨论者没有想到的是，在 30 年后，电影和文学的处境及二者的关系将会发生天翻地覆的变化。

自 20 世纪 80 年代开始，由于改革开放带来的思想领域的开放，使传统文学创作理念受到了很大的冲击，呈现出多元化的文学形式，表现为文学形式的创新，出现了诸如“纯文学”“现代意识”等文学形式概念。例如，王蒙、宗璞的意识流及荒诞小说，莫言、刘索拉的“前先锋小说”等。严肃文学正在改换面孔，向非主流、怪诞的方向前进，传统文学的观念和习惯逐渐被人们质疑和抛弃。作家在文学形式上进行了大量的探索。同时，由于文学的创新程度远超出观众的欣赏习惯，读者无法适应各类试验性的文学技巧，传统的阅读思维难以发挥作用，从而导致文学作品解读的困难。这些形式创新的文学作品具有鲜明的个性特点以及先锋气质，与传统主流文学有着很大的差异，如叙事方式、故事结构以及语言等艺术特质方面，体现为神秘艰涩，给读者带来了“阅读障碍”。此外，这类文学作品还具有一个更加重要的特征：注重形式，内容空洞。这就使文学作品表现社会现实生活的功能丧失，也就丧失了文学对读者的吸引力，由此导致读者的大量流失。文学的“现代意识”从个性和激情走向了决绝与孤寂，从而使我国的文学市场出现了空白，于是催生了地摊文学以及之后兴起的网络文学。在网络时代，各类自媒体平台成为文学的交流和生产地，文学进入了大众生产时代。面对海量的文字信息，文学作品的质量只能通过点击量来进行评价。在表现手法上，以“博眼球”为指导思想，力求刺激、诡异、搞笑，并出现了“标题党”的现象。严肃文学被排斥在网络空间之外。此外，网络文学往往只是对文学经典的复制模仿。大众文学蓬勃兴起，进入了“无深度”文学时代。由此，文学陷入了生存的绝境。

文学逐渐将文化中心地位让渡给电影，自身逐渐向文化边缘滑退。电影成为当下主流的艺术形式，有着最大的市场和最广的受众群体，“影像时代”来临。由于中国人口的众多，电影市场体量逐渐成为全球之冠。面对这样的现实，为了生存下去，文学只能选择向电影靠拢，依赖电影的策略，即“文学电影化”。电影自身就带有先天的潮流元素，是一种潮流艺术形式，其具有生动、真实、受众文化门槛低等优势，往往能够产生强大的文化潮流效应，与当时追求“现代意识”的严肃文学形成了鲜明的对比，生存发展空间快速扩大。通过电影这种艺术形式，受益最大的是文学。通过电影改编的方式，莫言、苏童等作家为许多普通大众所知晓。尤其是王朔，1988 年有 4 部小说被改编为电影，使王朔的名字在中国家喻户晓，人们将这一年称为中国电影的

“王朔年”。改编文学作品是电影创作的历史习惯，中外电影莫不如此。对于电影艺术来说，之前主要依靠文学而获得较高的艺术品质和生存发展，而当下则转为文学依靠电影改编来获得生存发展。这就促使文学创作策略发生变化，用媒介转换的思维来指导创作，即文字怎样更好地转换成影像。这种明确的目的使得文学作品的语言表述和故事结构都发生着重大的变化，文本呈现出明显的“镜头”感。

同时，一些在文学创作上具有一定知名度的潮流作家，会充分利用自身的“粉丝”影响力，将自己创作的作品拍摄成电影。一方面，获得较高的票房收益；另一方面，提升自身的名气，从而实现利益最大化。由此，在华语电影市场上出现了一批特殊身份的导演——“作家导演”：他们自我标榜的身份是作家，观众也将其视为作家，导演电影只是一种宣扬自己作品的手段，是他们进行文学创作的最终目的。这时候的文字创作成了影像生产过程中的一环，即“预处理”环节，文学文本并不是一个完成了的作品，而是一个半成品，只有在被拍摄成电影之后才算真正完成。因此，电影改编就成为文学生态链上最关键的一个环节。这就是文学的“电影化生存”策略。在这样的策略下，文学得以生存，但其生存状态已发生改变，即从艺术形式的引领者变为依托电影的托庇者，从中心滑向边缘。

6.3 “后现代隐疾”与“文学性”回归

采取“电影化生存”策略能够有效挽救陷入生存困境中的文学，从而将文学装配在电影生产流水线上，这是当下人们的一种乐观的看法。但实际上，这种模式将把文学和电影推进“双输”的境地。

当下电影自身问题重重，发展前景很不乐观，成了一个“制造奇观的工厂”。从表面上看，电影市场十分繁荣，但内在却患上了严重的“后现代隐疾”。主要表现为两种现象：一是文本同质化严重，电影主题和故事情节雷同，互相抄袭模仿，缺乏思想和情感上的新意；二是竭力追求视觉“奇观化”，并形成了一股风潮，原因是电影艺术的落脚点发生了巨大的变化，即视觉奇观替代了传统电影的叙事特性。就国内电影市场而言，尽管电影票房逐年增长，资本规模也在不断扩大，但影片的艺术质量却乏善可陈，表现为故事结构混乱、逻辑断裂，人物形象呆板平面，缺乏思想内涵。电影制作者只将重点放在“视听”技术层面，营造着一场场“视听盛宴”，对观众进行感官轰炸，而作品本身缺乏艺术性，更遑论思想深度和社会责任。有评论家指出，“奇观”已经成了当下所有电影的形态和主要面貌。这里的“奇观”主要指对攻击性和破坏性画面的直接展现，如暴力、色情等。电影创作者的创作理念也发生了巨大的变化，认为高质量的电影就是高水平的技术制作，而“艺术性”则完全被忽略和抛弃。现代影音技术的快速发展，也助推了这种对视听效果的追求，使电影制作者能够依靠影音技术营造出震撼的视听效果，替代电影故事的内涵和情感。他们将“奇观”作为电影“好看”的不二法门，从而改变了“好看”的含义，通过奇观画面和震撼的音响来刺激观众的感官神经，使人惊异不绝，目摇神迷，达到了“好看”的效果。在这个过程中，观众既没有看到精彩的故事，也没有体验到纯粹的情感。因此，在电影制作方的共同夹击下，电影终于摆脱了深度依赖文学的地位，完全丧失了“表现思想”的功能。这也是我国电影没有获得持续发展的主要原因。可以说，文学与电影之间先天的关系注定了二者中的任何一方都不可能独立于危机之外，双方一荣俱荣、一损俱损。

轰轰烈烈的电影市场并没有给电影带来辉煌，反而使其迅速沉沦在当下的影像洪流中。同质化和表面化是视听主义的必然后果。前者表现为一类剧情被反复地模仿和嫁接，如《西游》系列；后者表现为故事内容简陋，缺乏思想和艺术内涵。画面特效替代叙事成为电影的“主因”。从表面来看，电影文本依然来自文学，但由于后者已经沦为电影的一个生产环节，因此文学的任务变成了为视觉画面提供依据，故事的情节和叙事手法退居末位。在进行文学创作时，作家尤其是网络作家主要考虑电影改编时的选角，场景画面怎样呈现在银幕上等“技术性”问题。尽管这种方式能够带来较好的票房收益，但却改变了观众的观影理念，即观影是一场进入游乐场的游乐，而非艺术接受行为，成为一种亚文化形式，整个过程丧失了严肃感和尊重感，代之以戏谑乃至鄙夷的态度。受众对电影的艺术期待在逐渐降低，这种降低是一种被动的无奈。一方面是电影制作方在快速盈利；另一方面是影片为观众所快速遗忘。观影成了一种感觉活动，主要是眼睛在发挥作用。传统的用心感知电影的观影方式不复存在。电影制作方比拼着各自“博眼球”的功夫。而一些由严肃文学作品改编的电影则遭到观众的遗弃，票房惨淡。可以说，文学的“电影化生存”策略是一个饮鸩止渴的行为，不但使自身走向了绝境，还使电影艺术危机重重。如果这种现状得不到改变，“后现代隐疾”迟早将会发作，会给电影和文学带来重创。

电影乱象早就引起了理论界的关注，不少学者对此进行了研究和探讨，从而给出了自己的解读。这些观点大多将症结归结于某一方的问题，笔者认为未免失之片面。某一方的问题不可能引发整个电影市场问题。对此，笔者进行了深入的分析和探讨，认为“文学性”的失落是当下电影罹患“后现代隐疾”的根源。失去了“文学性”，电影艺术必然只剩下影像，缺失了内涵，进而引发观影行为的变化。只有回归“文学性”才能从根源上解决当下的电影问题。

“文学性”这一概念出现在20世纪初，提出者为俄国理论家罗曼·雅各布森（Roman Jakoson）。当下，学界对该概念的理解包含两类。第一类，狭义含义，即纯粹的文学性。文学之所以能够与其他学科区别开来，主要在于其具有一个最基本的特性：文学性。对于文学学科来说，要使一部作品成为文学作品就必须具备文学性。在文学作品中，作家要采用各种文学手法，使作品中的语言具有“陌生化”效果，即与人们生活中的日常用语显得不同，这就是文学作品的语言形式，是文学性的主要关注点。因此，“文学性”这个概念成为理论界界定文学与非文学的标尺。第二类，广义含义。表现为文学性失去了明确的边界。这种理解出现在20世纪末，在后现代文化语境中，文学学科在分类学中逐渐丧失了自己的传统地位，出现了“文学终结论”。“文学”的概念范围整体出现了扩容和转型。美国学者乔纳森·卡勒指出，由于在非文学文本中也普遍存在着文学性，如人文学术、人文社会科学等，这是文学模式的胜利，但文学的中心地位可能会失去。余虹指出，在当下的媒体时代，媒体信息同样存在着文学性。因此，文学性的地位不再像传统那样确定。该理论可以用于电影文学性回归的探讨。国内理论界对“文学性”展开的探讨聚焦在文学创作的创新方面，通过文学性表征，可以看出理论界对新时期文学的生存状况有着深深的忧虑，但研究结论与前人相比并无新意。面对反本质主义思潮对文学性的冲击，找不到有效的抗辩方式。20世纪80年代的理论研究，提出了多个关于“电影的文学性”的概念，导致“文学性”的指称含糊，本体论和创作论的争论也经常出现错位的现象。虽然研究辩论十分热闹，但缺乏到位的研究。

电影之所以能获得艺术身份，是“文学性”进入了其内核，而不是文学本身。这是电影艺术起源的正确表述。因此，要诊治电影的“后现代隐疾”，就要将失落的“文学性”重新放回电影的表意核心。

6.4 相互影响下的未来样态

好莱坞作为全球知名的电影生产车间，已经形成了完善的电影类型系统，而中国电影的生产仍然以潮流化、雷同化为主要特征。主要体现为整个电影市场同时追逐某个时尚风潮，缺乏个性和新意作品。因此，要首先产生一种“文学性”深度回归的电影样态——“文学电影”，在电影市场上起到引导的效应，进而逐步引导“文学性”回归电影。从现实看，国外和国内都有“文学电影”，其以潜在的电影样态存在，而非一种电影类型。具体而言，“文学电影”有 4 个方面呼应着电影的“文学性”的诉求。

首先，内容诉求。“内容空洞”是当下电影的主要特征。谢飞曾指出，电影应该有三个层次：①艺术思想；②艺术内容；③艺术技巧。从当前的电影理论研究来看，主要关注点都集中在第三个层次，其他两个层次基本遭到忽视，尤其是思想性更加缺乏。这种只谈技巧，忽视内容，缺乏思想的作品犹如无根之木。加之之后盛行的极端视听主义，二者形成了“同流合污”之态，导致了电影“内容空洞”的问题。同时，在叙事方面，已经形成了模式化和套路化特征，故事内容都是似曾相识，故事结构一望便知，看见开头就猜到了结尾，唯一的不同就是视觉特效。电影要学习和借鉴文学叙事手法，讲述内容精彩、丰满的故事，这是电影“文学性”回归的首要要求。这里并不是要排斥视觉技术，而是要分清主次，明确电影中的重点和次重点，改变视觉奇观替代一切的现象，以故事情节为中心，让观众用心体验故事。

其次，审美诉求。文艺美学是“文学电影”的最高追求，以实现不受艺术媒介局限的审美效果。这种美感普遍存在于文学作品中，尤其是古诗在这方面的表现尤其典型。例如，贾岛的诗句“鸟宿池边树，僧敲月下门”，采用动静结合的写作方式，使文字极富画面感，实现了文字与视觉之间的转换。事实上，电影在这方面也不乏成功的范例。意大利影片《天堂电影院》中有一个场景：一个年迈的老妇坐在家中织毛衣，听到多年未见的儿子回来了。她起身下楼迎接，毛线挂在她的身上随着她的走动而不断翻滚。这时候的电影镜头一直对准了这个毛线团，隐含着“慈母手中线，游子身上衣”的寓意。这种从画面流露出的美感就是所谓的“出位之思”，是“文学电影”在审美方面的追求目标。

再次，现实诉求。在极端视听主义的当下，电影极力追求感官刺激，以奇观为吸引受众的手段。故事内容充斥着臆想和虚妄，严重脱离实际生活。电影和文学都具有社会责任性，应该反映社会现实，直面人性和人生，但当下的电影极力避世，高失真现象比比皆是。但在其中也出现了一些优秀的电影作品，如徐峥的《我不是药神》，就是对中国当下大众生活的关注和反思，取得了良好的票房成绩，也获得了极高的口碑。

最后，个性诉求。商业电影的制作表现为题材上追逐市场风向标，表现手法上追逐视觉特效。整个电影的制作过程就像是采用标准化逻辑进行一项商品的生产，这就必然带来文本的同质化，故事内容的僵化问题。而“文学电影”带有鲜明的特点，即“作者”特质，与后现代电影文本有着巨大的差异。国内一些导演为了促进我国电影事业的发展，提出了“两条腿走路”的创作策略：一方面，拍摄一些奇观电影，以获得经济效益和关注度，从而维持电影的生存；另一方面，拍摄一些“文学电影”，追求艺术价值，体现创作者的“艺术个性”。而在“艺术电影”中，导演以“创作主体”身份出现，这是与奇观电影最大的不同。从这个视角来看，通过拍摄“文学电影”，导演的艺术追求与电影的“文学性”个性诉求实现了对接。

回顾中国电影发展史可以清楚地看到这样一条发展脉络：在影音技术较为落后的时代，出现了许多优秀的经典电影；从 20 世纪末开始，影音技术快速发展，电影进入了停滞阶段。尤其是新传媒技术的蓬勃兴起，电影艺术出现了倒退现象，沦为纯粹的视听技术表现，带给受众视觉奇观的疲劳，形成“奇观免疫”。这表明，“文学性”能够摆脱媒介技术的束缚，灵活地呈现出作品的诗意和美感。贾平凹曾经说过：用诗歌来表达心中的诗意；如果文字不能充分表达出来就作画；如果画不出来，就写成书法。当下，越来越多先进视听技术在不断涌现，给电影带来了更多全新的表现手段。但对于未来的电影来说，也许返璞归真才是正道，即回归“文学性”，抛弃光影技术主导的思维，用“文学性”为观众讲述故事。回归“文学性”或许是对电影和文学未来的一种期许。

第 7 章　网络文学和电影的互动与融合

当下，人类已经进入消费时代，消费思维影响着人们生活的方方面面，文化艺术领域的最大特征就是消费文化的崛起。对于“消费文化”这个概念，通常概括为“消费社会的文化”，是人们的消费行为在文化上的体现，即用文化的形式表现大众的消费行为。在这个过程中，主要通过文化符号的重新生产和组织来展示当下大众的生活体验。

在消费文化的语境下，文化呈现出以下两大特征。一是产业化特征。该特征是商品的重要特点，从而决定了文化逐渐成为一种商品，其生产、传播和消费都遵循着市场规律进行。娱乐性和消遣性逐渐代替了审美性和使命感，形成了消费文化，由此催生了网络文学。网络文学是一种文学形态，互联网技术是其产生和存在的技术支撑，其带有鲜明的消费时代特征，是消费文化与网络文化相结合的产物。由于网络文学表现的内容和形式都以大众的生活和心理为主，因此其以大众文学的形态存在，是一种全新的媒介传播形式，与传统媒介传播形式有着本质的区别。由于它契合了当下互联网时代的用户消费特点，从而得以飞速发展。二是视觉化特征。丹尼尔·贝尔（Daniel Bell）曾说过："当下，传统的印刷文化正逐渐变成视觉文化，这是在真实发生的事情。"❶视觉文化快速崛起，替代文字进行文化表述，文字的力量则逐步减弱，这就是消费文化的重要特征之一。最明显的莫过于图片、影像文化的盛行，文字文学阅读快速减少。因此，将网络文学改编成电影作品也就是一件顺理成章的事情。

电影《第一次的亲密接触》的问世掀开了网络文学与电影艺术结缘的序幕。这是我国第一部网络小说，被改编成电影后获得了优异的票房成绩和广泛的好评。此后，网络文学逐渐进入电影导演的视野中，多部网络文学作品相继被改编成电影，在社会上引起了很大的反响和讨论，如《成都，今夜请将我遗忘》《山楂树之恋》《杜拉拉升职记》等，网络文学成了电影取材的宝库。网络文学与电影艺术的结合，对文学乃至文化的创作和消费产生了巨大的影响，即互动性消费模式替代了传统的单向生产消费模式，极大地推动了大众文化的发展，进而推动着当下的文化转型。

7.1　网络文学为电影改编提供素材源泉

在消费文化语境下，各种文化形式都带有程度不等的消费属性特征，尤其以网络文学最为明显，由此决定了其改

❶［美］丹尼尔·贝尔．资本主义文化矛盾[M].赵一凡，蒲隆，任晓晋，译．北京：生活·读书·新知三联书店，1989: 156.

编成的电影也具有消费特征，主要体现在以下几个方面。

（1）生产环节。网络文学主要以表达大众文化心理为主，以引发大众情感共鸣为手段，以青春化为主要风格，达到消遣化和娱乐化的目的。题材类型十分丰富，涵盖了当下大众生活的各个方面。在进行电影改编时同样秉持着消费文化理念，以市场需求为导向，以获得高票房成绩为目标。例如，网络小说《悟空传》是一部人气极高的网红小说，深受年轻人的追捧，网络点击率很高。电影制片方精心展开改编，主打玄幻色彩，从而获得了市场的认可，收到了较好的经济效益。另外，网络文学还有着资源海量的优势。题材内容涉及社会生活的各个方面，通过故事来表达网络社会带给人们各方面的冲击以及引发的变化。例如，《请你原谅我》这部网络小说就以“人肉搜索”为主题展开故事描述，展示了当代社会中的众生相，被改编为电影《搜索》。由于故事题材的新颖性和表达手法的独特性，使该电影受到了市场的欢迎，成为当下低迷的国产电影市场中一颗闪亮的星星。从效益的视角来看，网络文学与电影结合是一件双赢的事，通过资源共享，不但推动了网络文学的发展，也较好地解决了国内优秀电影剧本资源匮乏的问题。

（2）传播环节。网络文学的作者多为业余写手，与文学网站通过签约的方式进行合作。写手与网站的收入主要有两类：一部分是“付费阅读”收入；另一部分是作品被他人改编成其他的文学形式而支付的版权收入。无论哪部分收入，写手与网站都以分成的方式进行分配。在当下“全版权营销”时代，各大文学网站都建立起了一条完整的产业链模式。与专业编剧相比，网络文学写手的版权费用很低。尽管近年来有所提升，但对于制片方来说，购买网络文学的改编版权费用依然比较划算，能够节约一大笔资金。因此，就版权营销角度而言，网络文学能够有效降低电影的制作成本。例如，《杜拉拉升职记》在版权营销上就取得了很大的成功。这部职场小说被改编成多种形式，包括电影、话剧、电视剧等。曾有调查显示，有近 80% 的被调查对象表示自己对网络文学改编的电影、电视剧作品感兴趣。这表明，网络文学改编为影视剧的市场空间很大。由此可见，网络文学的版权经营和多元开发有着极大的潜在价值。网络文学改编成电影，既能够实现文化资本增值，也更符合消费文化的属性。

（3）消费环节。在传统文化模式下，作者在纸上挥洒笔墨，写出自己心中的所想所感。而读者通过书本来阅读故事，体验情感，二者之间形成“创作—阅读”的模式，这是一个文字单向传输的过程。在这个过程中，读者只能被动地接受文艺作品中的内容以及其中包含的情感和价值观念，即使可以评论，也只是发生在作品完成并被受众熟悉之后，具有明显的滞后性，从而使评论的能动性丧失；而在现代文化模式下，由于新媒体技术的发展，人们可以从多种媒介上接触各种文化形式，参与文化的传播和消费，了解和评论文化作品，从而参与到文化产业的各个环节中。甚至在很多时候，他们引导着文学作品的生产和推介，真正促成了以受众为导向的文学生产模式。在这种模式中，创作者与受众形成了“创作—评论—再创作”的模式，这是一个双向传输的过程。具体表现为，创作者要把握大众的文化需求，从而选择创作题材。同时，在创作过程中应随时与网友展开互动讨论，考虑他们的意见，吸收他们的想法，从而调整创作内容，甚至改变故事的走向。在作品完成之后，网络人气往往决定着作品能否被改编成影视作品，从而实现自身文化资本的增值。

无论是网络文学还是电影，受众群体都是“参与性消费”的一分子。在网络经济盛行的当下，网络流量已经成为衡量一个企业经济乃至行业的主要标准，文化市场更是如此。而电影制作方改编网络小说的一个重要考量就是小说的网络点击量。人气很高的热门网络小说拥有大量的网络“粉丝”，这些人一方面会成为网络电影观众，另一方面会参与到影视的改编中，通过表达自己的看法来影响电影改编、策划宣传，甚至角色的选择。在这样的氛围下，电影市场也发生着变化，制片方也更加注重与受众的交流沟通，通过多种媒介形式了解受众对作品的看法和建议，并积极满足他们的心理和情感需求，以此获得良好的票房和口碑。因此，在消费文化语境下，文化创作方与受众通过新媒介工具构建起了“交互”环境，使后者能够参与到文化创作中，突破了传统文化语境下单纯的客体身份，成为文化产业链条中的一个环节，充分体现了互联网在文化产业链条中的影响力，形成了受众的“参与性消费”模式，这也成了消费文化的重要价值标准。

7.2 电影市场为网络文学提供有力支撑

社会商品极其丰富是工业化时代最大的特征，这在很大程度上源于产业化生产模式的形成。大众的各种需求都能够得到很好的满足，这就促使大众的消费欲望不断提升，冲动性消费日益扩大，供给之间的平衡被打破，形成了“需求—生产—再需求—再生产”的滚雪球模式。在这样的时代背景下，文化产业化也就不可避免。文化成了一种商品，与传统的文化含义有着根本性的差异。从生产者和消费者之间的关系看，网络文学与电影也符合“生产—需求”的互动关系模式，因此都进入了文化产业化时代，成了两种文化消费品。实践表明，电影改编网络文学已成为一种双方相互促进的行为。

由于受到电影界的关注，网络文学的创作方式逐渐发生了改变，形成了“潜剧本写作”的方式。网络文学出现和存在的基础是互联网平台，其本质是一种大众文化，是大众的消费需求与文化产业营销的共同结果。由于生产方式的特殊性，网络作家比传统作家更能及时、准确把握市场需求。此外，网络文学的竞争十分激烈，只有不断地提高自己的文学生产力，网络作家才能够在这个领域生存下去。因此，网络作家会积极主动地从社会现实中汲取素材，并将商业融入写作策略当中，这是传统作家无法比拟的优势。随着众多网络文学作品被成功地改编成电影作品，电影改编市场的需求也快速增长，从而推动着网络文学产业生产力的提升。其带来的经济效益促使网络作家有意识地改变写作方式，模仿电影剧本进行网络文学创作，“潜剧本写作”模式由此出现。首先，在题材选择方面，主要追逐电影市场的热门题材；其次，在故事情节安排方面，注重戏剧化冲突，增强故事的场景效果；再次，在主人公的塑造方面，无论是人物的形象，还是语言、动作都依照影视剧本写作的模式——这样的写作方式便于进行影视剧本的改编，降低改编成本。同时，增加了作品对电影制作方的吸引力，使作品更易被影视公司看中。另外，不少网络文学网站为了推广自己网站的作品，成立了专门的编剧公司，对自己网站的文学作品进行剧本改编。而不管是“潜剧本写作”方式还是电影剧本改编，都是文学生产方式和生产力的改造提升，其结果是能够更好地实现文学增值，以满足消费文化需求。这已经成为网络文学发展的趋势。

所谓“产业化”，就是在特定的市场经济条件下，某种产业为了提升经济效益采用“系列化和品牌化的经营方式和组织形式”[1]，从而满足市场的需求。对文学的产业化发展，电影改编具有积极的促进作用。例如，2006 年，网络小说《盗墓笔记》在网络上开始连载，获得了众多网友的追捧，点击量居高不下。2007 年，该小说出版后成为畅销书。随后，该小说被陆续改编为多种文化形式，包括影视剧、话剧、漫画、游戏等，实现了全版权运营，获得了较高的积极

[1] “产业化”概念[EB/OL]. http://wiki.mbalib.com/wiki/.

效益。通过该案例可知，网络文学要积极与多种媒介展开合作，走文化产业化道路。自称为“全球华语小说梦工厂”的国内知名的盛大文学网站就是一个成功的例子。经过多年的运营和发展，该网站已经成为中国最大的社区驱动型网络文学平台，形成规模化、系统化、标准化、组织化的网络文学创作模式。尤其是在电影改编方面形成了更富有针对性的生产模式。数据显示，2011 年，全国网络文学改编的影视剧以盛大文学网站最多；2012 年，盛大文学售出版权作品超过 1 000 部。❶这种生产模式可以说是全面地诠释了“文化产业化”这个概念。

几千年来，传统文化一直被视为文化精英，处于社会的主流文化地位，具有高雅的审美性和高度的使命感；而大众文化则始终处于文化的边缘地带，被视为“不入流”的文化。因此，二者是一个相对立的概念。无论人们对于这种定位持什么态度，只要社会强调文化的精神审美功能，大众文化就要处于下风。网络文学属于大众文化形式，电影则属于主流文化形式。通过电影的改编，网络文学的末流地位得以改变，从而成为一种主流文学形式，与传统文学分庭抗礼。当然这与当下的消费时代背景有着密切的关系，在这种社会氛围中，文化已不再是高居神坛之上的神秘之物，逐渐具有了大众化的特点，从而带上了娱乐化的审美特征。传统精英文化的审美范式逐渐消解，其权威地位也逐步丧失，文化不

❶ 盛大文学公司概况[EB/OL]. http://www.cloudary.com.cn/introduce.html.

再是精英文化的“一言堂”模式，而是正在走向多元化。就网络文学的发展历程来看，其具有文学性和审美性不断提高的特点。与早期的网络作品相比，近年来的网络文学作品质量和创作水平有了明显的提高，原因主要有以下两个方面。一是更多的网络文学作者参与到了网络文学的创作中。初期的网络写作主要为一些业余的作者，他们普遍学历较低，文化素养较差，也未接受过写作训练，从而导致了作品水平的低下。而随着网络文学的快速发展，其经济效益日益凸显，吸引了不少具有较高文学水平的写作者加入，作品的质量有了明显的提升。二是网络文学市场在发展过程中日益规范。随着该市场的逐步规范，涌现出更多优秀的网络文学作品，受到了大众的关注，获得了较高的流量效益。就国产电影的发展历程来看，国产电影在改革开放后才开始了真正的发展，先后出现了多部优秀影片，如《红高粱》《活着》等，这些影片都改编自传统文学作品，由专业作家创作而成。进入 21 世纪后，网络文学改编成影视剧成了潮流。一方面，是网络文学拥有大量的拥趸者；另一方面，网络文学作品的质量也有了很大的提升，适合电影这种主流文学形式的表现。例如，《致我们终将逝去的青春》《山楂树之恋》这两部优秀的电影作品都改编自同名网络小说，可以说是我国当下网络文学的最高水准，从而受到众多观众的喜爱。在网络文学的冲击下，主流文学也展现出变化的态度，主动与网络文学展开交流。各类正统文学大奖也不再将网络文学拒之门外，允许网络文学参与评奖。一些知名的网络作家被吸纳进入中国作家协会。另外，在版权保护方面，网络文学也被纳入了文学保护的范围。可见，网络文学与精英文学不再是相对立的关系，而是互动互补、共同繁荣发展的关系。因此，电影市场的推动作用功不可没。但毫无疑问的是，文学性和审美性是精英文学与网络文学的共同评判标准，任何优秀的文学作品都必须具备这两个特质，才能成为电影市场的优质文学资源。

7.3 网络文学与电影需要良性互动

一部优秀的电影作品需要一个好的剧本。尽管现代文学也成为一种消费商品，但依然具有自身的文化特性，使其与普通消费品区分开，这就是其中包含的审美性。网络文学要想持续地被电影青睐，一样需要信守审美的属性。因此，只有不断提高自身的审美性，网络文学才不会被电影抛弃。这就要求网络文学创作者能够认识到这一点，不断提升自身的文学修养和写作水平，关注现实社会，敏锐抓住社会热点，引导人们树立积极健康的价值观，构建一个健康的文学生态，从而提升作品对电影公司的吸引力。

另外，电影创作的自身规律也是电影选择网络文学进行改编时的一个需要重点考量的因素。因此，要考虑后者改编的难度。路易斯·贾内梯（Louis Giannetti）曾经说过，对于一部艺术作品而言，如果在某种艺术形式上取得了很高的成就，将其改编为另一种形式也很难超越原著。以《傲慢与偏见》为例，该小说被多次改编成电影，但成绩却都不够突出。此外，由于形式对内容的限制，一些著名的电影也很难改编成小说，如《公民凯恩》和《假面》。因此，考量一部网络文学作品能否成功进行电影改编，要依据电影的创作规律进行系统化的分析，关注作品表达的方方面面，从而确定改编策略，即选择“松散改编”还是“忠实改编”，这对改编的成功有着决定性的影响。

综上所述，当下的网络文学与电影市场之间形成了相互促进的发展模式，通过文化策略与商业策略相结合，构建起一个互动消费模式，从而促成了双赢的效果。这种模式体现为充满活力，并具有可持续的特点，为二者的长久发展奠定了坚实的基础。这也是网络文学与电影发展的良好趋势。可以说，网络文学与电影实现产业化合作有着广阔的发展前景，但过程仍然有曲折，还需要整个文化界的共同努力。

第 8 章　西方电影对网络的前瞻性展示与幻想

就社会视角而言，可以站在人格、关系等角度把握网络。当网络作为关系时，其是社会形态的组成单元，基本等同于松散群体；当网络作为中介时，它是社会人形成、加强联系的重要条件，基本等同于在线服务；当网络作为人格时，它是人工智能得到充分发展的成果，基本相当于“他者”。上述三个方面是人类对网络进行考察的重要视角，有利于人们更好地了解和把握网络今后的发展方向。需要注意的是，上述三种角度的网络均已上升为科幻电影注目的焦点。

8.1　电影幻想的社交性网络

究其本质，人是各种社会关系的总体之和。就某种意义而言，社会是一个将社会成员视作节点、把社会关联视作连线的宏观网络。群体是社会与社会成员间的桥梁和中介，按照群体的结构化程度，主要可分为以下两种类型：第一是组织，主要包括政府、企业等，就成员关系而言，其稳定性、密切性较高；第二是网络，主要指代松散群体，就成员关系而言，关系多变性较高。

部分科幻电影注重揭露公开组织及地下网络间的冲突。比如，电影《扫描者》（*Scanner*，1981）进行了以下构思：ConSec 是一家私人安全公司，它计划向大众展示一项有力的武器——“扫描者”，也就是存在超常心灵感应、可以阅读心灵的人，但是令人意外的是，扫描者在第一次展示中，遭遇了非常强大的同类敌手，并被爆头。成功爆头后，获胜者击杀保安成功遁逃。ConSec 公司猜测，对手极有可能是地下网络的雷弗克。为此，路得博士雇人打击和毁灭该网络。还有一部分科幻电影主张揭露各种网络间的矛盾。比如，电影《弯刀杀戮》（*Machete Kills*,2013）存在以下情境：门德斯是墨西哥狂人，他以核弹威胁美国，表示如果美国不阻止墨西哥贩毒、打击政府腐败，他就向美国发射核弹。美国总统认为，政府不宜直接出面解决门德斯，故而聘请名为“弯刀”的墨西哥非法移民前去制止，并允诺，成功制止后，“弯刀”可拥有美国国籍。经过一系列调查以后，“弯刀”发现了更为可怕的事情，即卢瑟（门德斯的赞助商）掌控着遍及全球的地下网络组织，意图策划和组织爆炸，以促成其重建空中人类社会的计划。

需要关注的是：新型社会网络或群体正借助信息网络谋求发展和壮大，此乃网络聚变潜能的首层意义。延伸到科幻电影，这并非简单地针对以互联网为基础的社交媒体的功能来讲的，更是指网络程序正致力在网络世界中建立帮派。

网络程序和现实人类的博弈开始上升为科幻电影的关键内容之一。20 世纪 80 年代，电影《电子世界称霸战》（*Tron*，1982）做了以下设想：对黑客弗林进行转化处理，使其成为数据进入计算机网络，并转化为数据送入计算机，然后和主控程序一派进行抗争。该电影的第二部《创：战纪》（*Tron*: *Legacy*，2010）则讲述了以下内容：7 年后，弗林的儿子萨姆进入电子网络。当时，程序克鲁成了电子网络的称霸者，拥有很多的跟随者。克鲁意图诱惑萨姆走进虚拟世界，并为自己创造机会潜入现实世界，以改造和调整人类。最后，克鲁的计划没有成功，萨姆成功识破并瓦解了其计划。诸如此类的电影创意，充满了想象的意味，其想象的情节，为我们更多地了解和解读社交性网络，提供了一些别致的解读视角。

8.2 电影幻想的服务性网络

网络可以得到广泛应用和普及，还要归结于其为人类提供了多种服务和便利，如网上交友、网银等。有些科幻电影会提及这种服务，如电影《变形金刚》（*Transformers*，2007）存在以下细节：山姆利用网络拍卖祖传眼镜，显示出网络对销售的一种服务性支撑；电影《超能敢死队》（*Ghostbuster*，2016）存在以下情节：艾琳在网上发布了自己和艾比联合编著的著作等。另外，科幻电影还为观众呈现了一些更为先进甚至激进的服务，如《异次元骇客》

（*The Thirteenth Floor*，1999）提到了这样一个在线系统，即完美呈现20世纪30年代的洛杉矶，让人们回到从前，生活在其中等。

网络能够涵盖、保护、拓展、监控、影响或操纵的社会联系愈充分，它的价值就愈大，威力就愈难以忽视，此乃网络聚变潜能的第二重意义。就该意义而言，《X 战警 3》所提及的超级跟踪系统（可同时和全球变种人进行在线沟通的网络系统）是极为发达和先进的。但是，该系统存在一定的局限，发明者必须在特殊实验室进行接入，可见这是一种极为专门化的内部网络。再如，《少数派报告》（*Minority Report*，2002）设想了以下情境：警察通过3名先知构成的系统，在网络上侦查社会的犯罪意图，意图犯罪者的犯罪意图可通过脑电波显示出来，并影射于屏幕之上。这种系统也属于专用内部网络，可是其用户更为广泛。相较而言，很多主体都可以利用网络服务，这恰好体现了网络的中介性质。比如，电影《夕阳天使》（2002）进行了以下构思：姐妹花杀手借助卫星网收集各种信息，以对抗众多的执法者和竞争者。动画电影《苹果核战记 2》（*Appleseed ExMachina*，2007）着重描绘了各种网络间的竞争。影片以未来世界为背景，描绘了一个乌托邦城市。在这个城市中，某跨国企业意图施行消灭个体性的项目。这一项目认定人类产生矛盾和冲突的根源是人类的个体性，并向市民分发专门的、受控于无线网的机器鸽子，向市民传达反抗城市当局的信号，呼吁和支持全部佩戴鸽子的人进行暴动，城市因此出现了众多的恐怖事件。同时，城市当局积极联系全球其他地方的领导，统一卫星，建立一个大规模网络，反击恐怖分子。

纵观以上科幻电影可发现，作为服务的网络并非仅仅是地球村村民的生存空间，还牵涉到星际战争。比如，《独立日》（*Independence Day*，1996）进行了以下设想：通过人类卫星网络，一大批外星人飞船进行联络，发起总攻。在这样的攻势下，人类军队发出的攻击无法摧毁外星人飞船，大部分军队被外星人消灭。为了解决这个问题，莱文森亲自驾驶和操控之前获得的外星人飞船，进入了外星人飞船队伍腹地，把病毒成功植到了外星人母船。病毒通过卫星通信网络迅速蔓延，传到了其他小飞船，外星人飞船的防护罩由此不攻自破，人类军队抓住机会，迅速进攻。《安德的游戏》（*Ender's Game*，2012）同样设计了相似的情境：安德是一位天赋极高的儿童，当局对其进行专门的训练后，他当上了国际舰队司令，带领其舰队参加毕业演习。在演习中，安德不惜放弃自身舰队的运输机，打破地方的防线，并以重型武器摧毁对方的星球。安德以为这是演习，但实际上，这是一场真实的战斗，他利用超光速的安塞波通信网络成功地消灭了虫族。这类独特的创意，为我们展示了网络作为一种服务性平台，可能发生的情节和故事。

8.3 电影幻想的人格性网络

就现在来看，赛博空间中所产生的系列变化可能不值一提，可是经过长时间的积累，这种变化可能会超出人类所能承受的底线，引起难以想象的严重后果，此乃网络聚变潜能的第 3 层意义。就该意义而言，科幻电影牵涉到了奇点问题。

出现异化之后，网络产生了一定的自我意识，并转变成了人类的敌人，《终结者》（Terminate，1984）等电影就遵循这一创意：最初，人类创造了天网（Skynet），并委托它去办各种事情，但长此以往，天网产生了强烈的自我意识，并意图操纵人类，于是天网发起了核战。发展至 2029 年，大部分地球人失去生命，得以幸存的人类，接受约翰·康纳的带领，和天网进行抗争。对此，天网派出了 T-800 机器人，意图杀害莎拉。T-800 机器人内部设有钢铁材质的骨架，外部覆盖了活性皮肤，假如混迹于人群，莎拉恐怕凶多吉少。以保护莎拉为目的，李斯志愿回到“现在”（1984）。最后李斯用生命保护了沙拉。发展至今，《终结者》已经拍摄了 4 部。该系列的第 2 部名为《终结者 2 ：审判日》（*Terminator* 2 ：*Judgment Day*，1991），影片中天网是一个于 1997 年 8 月 29 日发起核战的人工智能。天网派出了 T-1000 机器人穿越时光隧道，奔赴 1995 年的洛杉矶，希望可以杀掉少年时期的康纳。未来康纳为了应付天网，派了一台经过改造的 T-800（也就是终结者）保护少年时期的康纳的安危。为了完成任务，终结者牺牲。该系列的第 3 部名为《终结者 3 ：机器的觉醒》（*Terminator* 3 ：*Rise of the Machines*，2003），在电影中天网把 T-X 美女机器人派回

2004 年 7 月 24 日，希望可以一举击杀康纳等人类。T-X 美女机器人可通过纳米技术，帮助其他机器人编写程序。为了打破天网的阴谋，保护康纳及凯特的生命安全，康纳把升级版的 T-850 机器人送回 2004 年。T-850 为了保护康纳等人，身受重伤，经过再次编程以后，成为敌方的帮手，意图杀害康纳等人。后来，康纳及凯特发现，天网不存在核心，自始至终是互联网本身。该系列的第 4 部名为《终结者 4：救世主》（*McG Terminator Salvation*，2009），在这部影片中天网把击杀的目标对准了康纳的父亲——凯尔·瑞斯。《终结者·创世纪》（*Terminator Genisys*，2015）的战争背景是 20 世纪 80 年代的洛杉矶，主角分别是天网一方的终结者和康纳一方的凯尔。无疑，终结者系列并未完结，还可能有下一部。

在相似的科幻电影中，《黑客帝国》对异化网络的理解并没有局限在未来的敌对性上，而是置于目前的颠倒性之上，《黑客帝国 1：Matrix》（1999）中的母体利用人类身体，保证自己的运作，人类受到母体的信号影响和刺激，一直生活于虚幻的情境中。人类和网络之间的矛盾不同于《终结者》所呈现的不同年代间的矛盾，而是围绕现实和虚拟之间徘徊。反抗战士通过意识形态进入虚拟世界，力求击败或消灭敌对程序；反抗战士在现实中努力保全基地——锡安。剩余的两部也是围绕虚拟和现实世界展开，最后人类战士成功赢得了虚拟和现实世界的胜利。影片不仅实现了现实和虚拟两条线彼此对应，还设计了以下两点：第一，在现实中，影片中的角色尼欧获得了机器城市首领的理解和原谅，使其认定程序史密斯是敌人；第二，尼欧准许史密斯对其进行同化，所以引发了能量场迸发（其力量可和母体重启对比），使史密斯先前同化的人、程序得以恢复原状。《黑客帝国》系列影片的主要思路，其建立的基础是对以下三者的理解和推测：第一是硬件（机器城市）；第二是软件（程序）；第三是活件（人）。就创意而言，《黑客帝国》系列影片并未把社会联想成网络，而是把网络联想成社会；其也没有像《终结者》一般，对天网进行笼统的讨论，而是依照网络结构，联想和延伸出了与硬件相对应的机器首领、与软件相对应的建筑师、与应用程序相对应的萨崔妮蒂及其家人、与安全程序相对应的黑衣人、与黑客程序相对应的尼欧等。

纵观《终结者》系列可发现，网络异化（天网）是存在一定独立意志的未来人格化实体，人类与网络间的主要矛盾是经由智能机器人发展的，众多机器人出现类型分化以及性质变化以后，冲突内容更为多样。纵观《黑客帝国》系列可发现，网络异化（母体）是给人类造成压迫的现实敌对性矩阵，人类和网络需要依靠程序来发展冲突，而众多程序的持续分化以及性质的变动，增加了故事情节的生动性。假如，要讨论人类和网络关系发生异变的影响因素，就天网而言，主要是以掌控全球网络为目的而有意发散、传播病毒；就母体而言，主要在于人类阻止机器追求太阳能的道路，迫使机器只好摄取人类的生物电子能获得运作动力。但是就人类及网络间的敌对关系而言，《终结者》系列作品一直坚持敌对的观点，而《黑客帝国》系列影片则讲究调整和适应。

就创意方面来讲，就像全球化一直伴随着逆全球化一般，网络化在发展过程中，也一直伴随着逆网络化。在信息网络随处可见之际，与之敌对的构思和设想也开始出现于科幻电影中。比如，《捍卫机密》（*Johnny Mnemonic*，1995）就进行了以下设想：未来世界的记忆信使可以传输一些网络无法或不宜传输的敏感性信息。《冰冻蜘蛛》（*Ice Spiders*，2007）进行了以下设想：参加奥运会滑雪项目的运动员被集中在一个没有网络、无法接通电话、难以接收电视信号的地方进行培训。《蝙蝠侠：黑暗骑士崛起》（*The Dark KnightRises*，2012）进行了以下设想：猫女希望获得一个能够消除某个人在网络留下的全部痕迹的"清除板"。未来，网络化及逆网络化之间的矛盾或许还可以激发更多的科幻电影创意。

假如说，创意是艺术作品的灵魂，是文化产业的关键，那么作为艺术之一的科幻电影，势必需要注重和发展创意，从而实现艺术水平的提升以及产业的进步。中国的科幻电影少之又少，影响力较弱。基于此，笔者主要采用了西方的一些科幻作品进行例证。无疑，部分作品的创意和想象均值得国内参考和学习。但是，上述作品几乎都是依照西方文化环境和社会环境、网络现实、电影市场发展情况予以构思的，而西方各方面的情况不同于中国。除此之外，就以计算机技术为基础的狭义网络来讲，不同国家的使用范畴不同，部分题材并未获得现有科幻电影的重视，如在线教育等。故而，对中国艺术工作人员而言，网络题材的科幻电影依旧有很大的发展空间。中国是全球互联网、手机用户群规模最大的一个国家，且网络文学、电商发展迅速，量子通信等项目十分引人注目。这种现实可以更好地引导和激发艺术工作者的想象。电影工作者根据时代趋势努力创作，不但可以改变中国科幻电影滞后于发达国家的现实，还能够实现与网民、网络商的充分交流和互动，以推动文化产业协调稳健发展，加快实现中国梦的步伐，为全社会谋福利。

第 9 章　科幻电影对网络的创意性想象

现在，网络化生存已经成为人们非常熟悉的一项社会现实。尽管网络化生存已经得到了人们的认知，可是其存在价值、历史意义及今后发展方向，都需要人们从不同的方面进行审视和把控。除却社会的调研、理论分析及实验探究以外，艺术创造对网络化生存同样具有较大的意义。在众多的艺术创作中，科幻电影是非常关键的成果之一。它利用各种创意，把实际和想象、科技和伦理进行有机的迁移和结合，借助塑造人物形象、提炼主题、呈现视听等方式，影响观众的看法，不但可以对人们已经形成的刻板的网络化生存印象产生影响，还可以刺激人们提前思考网络化生存的未来。综合近几年的科幻电影来看，科幻电影对网络的创意性想象，主要呈现出以下三类情形。

9.1　针对物质网的创意

在人类出现之初，部分动物就有了物质网创意，它们通过网状物捕猎，比较典型的动物有蜘蛛。人类利用各种各样的工具，把自己与动物区分开，进而得到提升。人造网络就是人类所创造和使用的典型工具，具有里程碑式的意义。人类认识网络的多面性的时间较早，人类在认可“临渊羡鱼，不如退而结网”的同时，担忧和惊惧自己可能入网而无法自拔。在科幻电影中，这种悖论也有所体现。比如，在《海底两万里》（*20 000 Lieues Sous les Mers*，1907）这一短片中，梅里爱（Georges Méliès）呈现了这样一幅画面——渔夫在梦中看见自己被自己捕鱼的网缠住。这正是海洋女神对其多年捕捞鱼类的惩罚。

在科幻电影当中，人们主要利用蛛网的描述，呈现其对网络多面性的看法。陷入蛛网实际上是一种隐喻科学困境。在《苍蝇》（*The Fly*，1958）中，导演诺伊曼（Kurt Neumann）呈现了这样一幅画面：德兰勃是一名科学家，他研究和制作了物质重组装置，可是在实验时，发生了意外故障，他将自己与苍蝇进行了重组，结果形成了混合体（德兰勃成了一只有人类意识的苍蝇）。之后，德兰勃意外陷入蛛网，且蜘蛛逐渐朝其逼近。看到该景象的警察于心不忍，于是开枪杀死了它们。德兰勃的弟弟表示，他为了人类实施了高度危险但有益的行为，即寻觅真理。另外，使用蛛网是特殊技能的一种重要体现。在电影《蜘蛛侠》（*Spiderman*，2002）中，彼得本是一名高中生，在被超级蜘蛛咬了之后，生病昏迷。清醒以后，彼得发现自己的腕部可以发射出蜘蛛丝一般的丝状物，他可以利用丝状物自如地撒网、织网等。利用这些特殊的能力，彼得成了人们心目中的超级英雄。

在实际生活中，人们创造和建设了多种多样的交通网，这些网络既是人们进行生产生活的重要基础，也是人们部分生活危险和隐患的来源。在部分科幻电影中，导演对交通网的积极价值进行了延伸。比如，在《失陷猩球》（*Beneath the Planet of the Apes* ，1970）中，出现了以下场景：核战使正常人类遭受了毁灭性的打击，得以幸存的变种人居住于纽约地铁站的废墟中。与之相对，部分科幻电影对交通网的消极面进行了呈现和延伸，如在日本电影《铁男：金属兽》（*Tetsuo: The Iron Man*，1989）中，该电影的主角在地铁站遭到了铁爪神秘女的击杀。美国电影《割草者 2》（*The Lawnmower Man 2* ，1996）则描绘了这样一则事件：黑客利用自身技术，制造出撞车、隧道爆炸等事端。

除以上科幻电影之外，还有很多科幻电影通过不同的方式呈现了网络悖论。比如，依赖甚至栖身网络，或许是人们的无奈之举。在电影《外星奇遇》（*Kin-dza-dza*! ，1986）当中，Pluk 星球的低等贱民无可选择，只能在冰冷、层叠、复杂的网状金属空间中生存。同时，在网络中行走，人类或许可以找到走进新世界的机会。在《地铁迷宫》（*Moebius*，1996）中，地铁网呈现为曲面莫比乌斯带（一般的带子有两个面，一正一反）形式，在条件恰当时，人们能够顺着地铁迈进另外的维度。又比如，人们会遗憾自己的防身网络不够充分，不然《恶狼》（Monsterwolf，2010）中狼形怪兽无法突破铁丝网，撕裂石油工人；有的时候，人们会为自己局限于网络的现状产生伤感的情绪，所以《超人 4 ：追求和平》

（*Superman IV: The Quest for Peace*，1987）中，超人把核弹头所编织的大网抛往太阳，进行焚毁。

9.2 针对能源网的创意

纵观人类利用的众多能源可发现，人类自身体能或许是最早、最为关键的能源。原始社会时期，人类通过合作来搬运石头和木头等重物，这在一定程度上表现出了体能组网（广义）的长处。根据该思路，我们可以把马队运输货物等行为视为能源领域组织的协作。虽然人类使用自然界能源的时间较早，可是直到工业革命，人类才得以成功利用电力技术，进而实现高度网络化，因此而形成的电力网在现实生活中得到了充分的重视，在科幻电影中受到了较多的注目。比如，电影《伦敦陷落》（*London Has Fallen*，2016）就有这样一个情节：恐怖分子利用黑客技术，入侵伦敦电力网，致使地铁失去效用。现在，人类建设能源网的步伐持续加快，已经步入全球智能电网的时期。针对这一现实，某些科幻电影早就有所提及。电影《寂静的地球》（*The Quiet Earth*，1985）进行了这样的描绘：霍布森是一名科学家，组织开发和推进“闪光项目”，并为某个大财团进行全球能源网格实验。之后，太阳黯淡了片刻，闪耀着红色的光芒。他开始清醒，赶紧打开收音机，可是却发现无法接收信号。监视器呈现出“闪光项目已完结”的字样。于是，他在磁带录音机上记录了以下信息：“闪光项目存在毁灭性故障。可见，我是唯一幸存的地球人类。”大量宇宙物理参数持续发生变化，太阳输出的稳定性开始丧失。

科幻电影编导想象用电网阻止和消灭怪物，可是最终的结果几乎都是失败的。比如，电影《大章鱼》（*It Came from Beneaththe Sea*，1955）就有这样一个情节：旧金山湾区布置了强力电网，希望可以消灭大章鱼，可是大章鱼攻破了电网。电影《金刚大战哥斯拉》（*King Kong vs.Godzilla*，1962）也描述了以下情景：自卫队尝试利用电网阻拦哥斯拉，可是紧接而来的金刚直接消灭了电网。在电影《哥斯拉》（*Godzilla*，2014）中，人类试图以电网消灭怪兽穆托，却没能取得预期作用。但是，在科幻电影中，电网对人类是有毁灭性作用的。比如，在《X 战警 3》（*X-Men: The Last Stand*，2006）中，作为闪跃人的卡利斯托，被风暴女抛向铁丝电网，最后被电死。这表明，电网之所以能成为人类自我防御或攻击的武器，主要是因为它是按照人类的固有生理特点设计创造的。假如怪兽能够被电网电死，就无法称之为怪兽了。

9.3 针对信息网的创意

伴随着数次信息革命的发生和发展，人类信息网的形态不断变更，比较具有代表性的有：以语言为基础的语义网、以文字为基础的文本网、以印刷术为基础的出版发行网、以电磁波为基础的广播电视网、以计算机技术为基础的互联网等。以信息网的社会化使用为中心，科幻电影进行了一系列天马行空的想象。比如，电影《严重叛国》（*High Treason*，1929）描绘了世界大战时，和平联盟意图阻止欧洲合众国总统通过广播途径宣战。在电影《奇爱博士》（*Dr. Stranglove or: How I Learned to Stop Worring and Live theBomb*，1964）中，编导进行了这样一个设想：苏联人经过研究和开发，造出了一个由钴钍炸弹集群组成的末日装置，它受计算机网络的连接和控制。一旦这个末日装置受到核打击，便会自发爆炸，发出放射性云彩，消灭地球的一众生命，导致地球 93 年无法居住。

部分科幻电影把信息网视作暴力工具，并进行了一系列的发散想象。比如，法国电影《神风》（*Kamikaze*，1986）描绘了这样一个情景：一个发明家十分厌恶电视，于是努力研制出一项装置发泄自己的厌恶，这项装置可以通过反馈回电视台的信号，谋杀参与直播节目的人员。军方知道这项装置后，准备将其投入战争。还有部分科幻电影表现了信息网的一系列消极影响。比如，在美国电影《过关斩将》（*The Running Man*，1987）中，出现了这样一个场景：全球经济于 2017 年出现了崩溃，美国抓住机会，成为独裁的警察国家，监视全球一切的文化活动。同时，美国政府利用电视网播放各种各样的真人秀节目，以获得观众的关注。其中，希利安设计和主持了这样一个名为《赛跑者》的真人秀节目，这个节目的风格与古罗马角斗士类似，参与节目的人必须在广袤的空间中躲避雇佣兵的攻击和杀害，以获得国家的宽容，赢得生存机会。希利安利用网络，获悉追杀者和逃亡者之间的情况，并强调，因为受众对电视化暴力较为偏爱，所以他才制作了这一节目以满足他们的需求。最后，希利安被置于滑车之上，送进了游戏区，结果滑车撞到广告牌，发生了爆炸，希利安就此死亡。电影的这一设定传达出一种“自作自受”的思想。受到上述电影的启迪，电影《死亡飞车》（*Death Race*，2008）得以面世，在该片中，监狱长组织监狱的犯人共同参加血腥而又暴力的体育比赛，并通过网络视频的转播获取利益。除此之外，还有一些科幻电影也是依照相似的逻辑和思路编导制作的，如《饥饿游戏》系列等。

不过，有些科幻电影也向观众描绘了信息网的积极作用。比如，漫威出品的电影《无敌浩克》（*The Incredible Hulk*，2008），在影片中，布鲁斯借用“绿先生”的假名，向“蓝先生”发出网络求助，希望可以获得医治。在动画电影《怪物大战外星人》（*Monsters vs. Aliens*，2009）中，苏珊当着电视实况转播观众的面，直接拒绝了德里克（未婚夫）提出的采访要求，以此来表达自己对未婚夫的鄙视。对很多不凡者而言，信息网极为关键。比如，在《蝙蝠侠大战超人》（*Batman v Superman: Dawn of Justice*，2016）中，描绘了这样一个情节：女参议员为了问询超人行为是否正当，在国会大厦举办了一次听证会。她觉得民主需要交流，需要充分尊重人民群众的意思，所以她公开听证会消息，希望超人可以来到现场。可是，反面角色卢瑟趁机作乱，意图通过这次机会，同时毁掉女参议院与超人。经过严密的策划以后，卢瑟保释了一名囚犯（基夫），指使基夫坐在轮椅上控诉超人，散播超人“攻击”了他的消息。女参议员察觉以后，改变了听证会的初衷，执着于打破卢瑟的计划，但是卢瑟及时察觉，附体于女参议员，并控制了她。尽管超人当天到达了会议现场，但是却陷入了非常尴尬的处境。超人是法外之侠，本无意公示自己的身份，也无意在公共场所为自己解释和辩护。超人之所以会前往现场，是依照养父的意愿，他没有预料到，自己不仅没能陈说清楚，反而被陷害。显然，这是超人的重大遗憾。

一直以来，科幻电影都十分注重信息网络生态。比如，电影《世界末日》（*End of the World*，1931）为观众呈现了政府与私营电台相互辩论的场景。又比如，电影《V 字仇杀队》（*V for Vendetta*，2006），影片中的主人公本是一名生物武器试验品，幸运摆脱被试验的命运后，他偷偷把录像光盘插入英国国营电视网络总部的监视系统，并向英国市民发出号召，呼吁市民联合起来，反抗苏特勒。

总体而言，有关网络价值的悖论会持续发酵，产生影响。该悖论不但体现在网络的现实功能，还体现在人们对网络建设及发展方面的指引。同时，科幻电影所表达的部分理念，存在一定的启发性和前瞻性。比如，《睡眠经销商》（*Sleep Dealer*，2008）向观众呈现了一种以网络为基础的跨境劳务合作模式。在电影中，地球的众多国家开始封锁边界，并采取重兵防卫和把守，不允许闲杂人等通过。在这样的背景下，人们可以利用数码网络，打破时空限制，交流思想、交换劳务。交换劳务需要工人借助手臂和背部的悬挂电缆，连接互联网，指控边界外的机器人干活。这种做法需要工人把自身体能传递至网络之上，所以工人极为疲惫。如果想要深入了解该电影的意图和创意，可观看和参考《远程劳动系统》（*Remote Labor System*，RLS），这是里维拉在导演《睡眠经销商》之前的作品。在该影片中，他表示，利用远程劳动系统的宽带网络公司能够永久性地解决美国现存的以下矛盾：农场既需要来自墨西哥的低价劳动力为其工作，又畏惧他们，担忧他们威胁农场和自己的安全与利益。他认为，解决这类矛盾并不难，只需要把网络和廉价机器人进行结合，让远在墨西哥的工人利用网络操纵机器人工作即可。该发明被视为机器人学的乌托邦想象与国家边疆政治学的融合产物。现在，瑞士经济学家通过相似的项目，证实“远程智能”拥有极为巨大的影响力，这种影响可与全球化比肩（2016）。

大量的科幻电影，对网络进行了富有创意的解读和想象。这样的解读与想象，一方面繁荣了电影的艺术空间；另一方面，也为人类多元地审视和看待网络，提供了更加丰富的解读视角，为网络向广阔和纵深发展，提供了富有创意的可能性。

第 10 章　对当代电影改编文学名著的思考——以《安娜·卡列尼娜》的改编为例

经典文学名著以饱满的人物形象、丰富的故事情节为受众创造了一个供其探索的精神世界。在探索这个特殊世界的过程中，伟大的、平凡的、聪明的、平庸的人等，都在此留下了自己的足迹。有的人或许穷尽一生都无法摸索到这个世界的真理，有的人却可以在观照自身的过程中走上通向真理的道路。

以电影形式表达文学名著内涵，就像是创作者站在自己的视角来解析名著中的经典至理，抑或是生动再现自身探索真理的艰难历程。经典文学名著中生动地呈现出的人生、情感真理让每个走进其中的个体都沉迷其中，都渴望能够摸索到真理门槛。在探索过程中，电影创作者便承担着这样的使命：准确发现、传递真理。《安娜·卡列尼娜》的电影改编就集中地体现了这一点。

10.1　《安娜·卡列尼娜》的电影情景

人声鼎沸的舞会现场，安娜同渥伦斯基再次相遇，爱情的火苗在安娜心中悄悄点燃，两人深情对视。此时，时间仿佛凝固，所有舞者均已停顿，仅有两人在灯光下为爱而舞，而他们每经过一人，那个人便重新开始舞动。瞬间，一束昏黄而又孤单的光圈照射在舞台中心，映照着正在舞动的两人，而其他人消失了。这种灯光与画面的变换正好反映出两人内心只有彼此，容不下其他人的内心活动，而这便是舞台调度的典型用法。在舞台表演中，虽然无法使用特写、近景等表现手法来聚焦观众注意力，但是导演仍然可以利用停顿、追光来突出表现主要角色的活动。

上面所描绘的画面出自乔·莱特（Joe Wright）导演的《安娜·卡列尼娜》。这种灯光创造焦点人物的表现手法，在后期安娜观看渥伦斯基赛马的场景中再次出现。赛马比赛即将开始前，安娜突然发现丈夫在场边。此时，安娜内心极为不安，导演为了表现这种忐忑不安的心理状态，让赛场上的喧闹声、马蹄声一并消失，仅留下安娜扇扇子时的“哗哗”声，且安娜周围所有人均出现停顿，画面中仅安娜可以移动，这时她再次成为焦点。观众在观看时会随着安娜的舞台表现，逐步加深对其内心活动的了解。

乔·莱特在电影创作中以独特、巧妙的舞台语言向观众讲述了安娜的情感命运，同时在《安娜·卡列尼娜》中挖掘出同现实生活紧密联系的情感真理。镜头下充斥着舞台感的场景设计；官员办公时的程式化、机械化表演；同舞台换场极其相似的镜头转换；尤其是当安娜和卡列宁在应对困难过程中，导演将镜头拉开，而这时则表现出典型的舞台形态。这种舞台式表演在此部影片中成为典型的风格化表达，饱含了电影创作者对此部经典的独到解读。

10.2 对《安娜·卡列尼娜》的现代解读

《安娜·卡列尼娜》的故事发生在 1843 年，至今已经过去 175 年。百年前的家庭观念、情感理念、道德秩序、法律等因素同当下存在极大差异。列夫·托尔斯泰借助这部经典所要传递的情感、真理绝不是浅薄表面的。而乔·莱特在解读过程中显然产生了自己的想法。

在鸿篇巨制的开头，列夫·尼古拉耶维奇·托尔斯泰（Лев Николаевич Толстой）表示："幸福的家庭基本都是一样的，但不幸的家庭各有各的不幸。"从阅读者的角度来看，此段话是作者为主人公的家庭戴上了"苦难"的帽子，安娜·卡列尼娜的确拥有不幸的家庭。读者会对其追求自由爱情的精神感到认可赞同，对其不幸的结局感到惋惜悲伤。《安娜·卡列尼娜》在 19 世纪刚刚出版时，在当时的俄国社会中引发强烈反响。由此，拉开了思考妇女社会地位的序幕，人们开始关注被男权社会所践踏的妇女情感。因此，那个时期的人们对安娜的追求表现出认可和宽容。但 175 年之后，社会物质和意识形态巨变，女性社会地位同当时的情况迥然不同。女权运动高涨，女性解放运动方兴未艾，社会大众意识快速觉醒，人们在爱情、家庭观念上早已出现根本性变化。独立、自由的女性在现代社会中更能把握自己的命运。19 世纪困扰安娜情感的多重因素在现代社会中变得极为模糊，而且已经无法成为现代人的焦点话题。对于安娜最终的选择，如果以当前的社会心态进行审视，部分社会群体很难坦然接受。

经典之所以成为永恒且令人记忆深刻，正是因为作品中所表现出的对人生、生活真理的探索，后世读者可以在经典中找寻生命的源头。时间无法磨掉经典文学名著中所蕴含的真理，当代艺术家的最紧要任务便是以现代文明视角对名著进行创新性解读，并形成新的认识，让经典文学名著中的真理在新的社会背景中重新闪耀，这样才可以让毫不褪色的文学经典激发当代人的思想情感，才可以同当代灵魂亲密接触。

在乔·莱特的《安娜·卡列尼娜》(2012) 中我们能够发现导演对此部经典作品的新鲜解读。渥伦斯基、安娜和卡列宁，康斯坦丁·列文和凯蒂，斯迪华和多莉，这三条线索中的人物内心都经历了理智和抉择、欲望和责任的艰难选择。第一条线索中渥伦斯基和安娜选择了欲望，而卡列宁则是责任和宽容。第二条线索中人物能够在爱的趋势下坚守理性智慧，这两个人物身上的人性光辉是导演所认可的；第三条线索中多莉选择责任，而斯蒂华则深陷于欲望之中不可自拔。造成安娜悲剧式命运的主要原因不是社会压力，而是自己内心的抉择。在小说中，列夫·托尔斯泰描绘了上流社会对安娜的孤立、嘲讽和迫害，他们组成小群体并将安娜排除在外，使她无处容身。当生活和精神同时处在绝望边缘时，安娜选择以自杀的方式实现解脱。

幸好乔·莱特并没有完全按照托尔斯泰的意思直接复制其内涵，在电影中他没有借助三个集团迫害安娜的线索来表达内容，而是真实地面对自己的内心感受，他将安娜在家庭和欲望间的徘徊、挣扎心理作为主要线索，着重描写安娜离家后内心的绞痛。在某个场景中，卡列宁想要以安娜和儿子的见面为手段来根治安娜的欲望，安娜最终因为无法忍受对儿子的思念，选择在儿子生日当天再次打开陌生的家门。镜头中呈现的是舞台房间，在该场景中不仅没有家庭生活气息，也缺少儿童独有的童趣。导演以舞台表现手法向观众展现了一个空荡荡的房间，仅有一张小床孤零零地摆在房间中央。儿子蜷缩在孤独的小床上，在黑暗、冰冷的房间内，安娜直接穿过走廊冲进这个“房间”（场景）中，但结果却是被卡列宁阻止。

安娜无法忍受流言，对渥伦斯基的退缩深表不满，对儿子的思念越发强烈，电影正是在表达安娜内心的绝望痛苦情绪，正是内心深处的孤独、失败感将其逼上绝路。

这应该是乔·莱特最想要表达的内涵，也是当下人们在面对抉择、困惑、情欲时所要做出的抉择，是处在现代社会的人们乐于思考的人生，是一部可以触摸人心最深处的故事。因此，以独特表现手法传递文学经典名著中的精神内涵，会让整部影片显得更为精湛和复杂。

10.3 影片传达出的观点和态度

导演对安娜在情感和家庭上的选择抱持不赞同的态度，并且在影片中以自己的视角来描述对待家庭和情感的态度。影片开始时，安娜便选择离开儿子并到莫斯科劝慰嫂子，出轨的哥哥态度极其明确，所有荒唐事都是自己一时糊涂酿成的，他非常爱自己的妻儿，要不然也不会将安娜从千里之外召回来挽救这段婚姻。不过在导演看来，斯蒂华对情欲诱惑仍然没有抵抗力，虽然他的妻子理性而宽容，会选择原谅他，但是在后期生活中，斯蒂华仍然会选择放纵私欲，“偷面包的行为”屡禁不止。而安娜在情欲的诱惑下也选择了被情欲吞噬，不管丈夫的劝阻和儿子的哀求，在内心挣扎之后毅然决然地选择欲望。

同上述两个人物不同，导演在影片中借助列文和凯蒂的爱情再次表达自己的态度，虽然这条线索并没有获得太多笔墨。安娜和列文、多莉和斯蒂华两个线索在叙说时都使用假定性舞台场景，而凯蒂的描绘则借助真实场景，让他们的爱情生活回归真实。列文从乡下不远万里来到莫斯科向凯蒂求婚，但凯蒂却无情地拒绝了，只因为凯蒂内心住着风流倜傥的渥伦斯基，但在感情挫折的磨炼下，凯蒂最终抓住了爱情真谛，选择列文。他们两人回到农庄，在真实的土地上开始简单且和睦的生活。在这个温馨却又简单的木屋中到处都是幸福的气息。导演以列文的口吻多次表达了自己在爱情和家庭上的态度。曾有人问列文："为了爱情你会选择死亡吗？"，列文毫不犹豫的表示："会，但绝不是为了邻居妻子，不纯洁的爱情谈不上爱，对他人妻子欣赏是好事，但如果在情欲熏陶下做出一些事就是贪婪，与其这样，我们还不如做牛。"

导演在整部影片中就是借助安娜、斯迪华、列文等人在家庭和爱情上不同的选择态度来表达自己对《安娜·卡列尼娜》这部经典的理解，这是以现代情感文明和现代思想为基础对经典的重新演绎，并能够再次将经典拉回现实生活。

笔者认为，现阶段的电影创作中不管是以哪个时代、哪种类型的经典小说作为基础，电影创作者都不可以单纯地复制小说内容，而是应该在其中融入符合当代人情感认知的自身感受，这种感受可以在电影中创造一个表现自我的世界，观众能够进入这个世界来观照自己。今天的电影应该表现今天的生活、展现今天的人、诉说今天的感受。

第 11 章　文学传播在新媒体语境中的形态裂变

对于媒介的影响力，马歇尔·麦克卢汉（Marshall Mcluhan）有着明确的表述。他认为，媒介影响着人类生活的方方面面，甚至“改变人的关系与活动”。媒介的物理性变化会对文学传播带来巨大的影响，表现在传播的形态、速度以及规模等各个方面。同时，文学的传播还受到社会形态和思潮变化的影响，呈现出渐进式的改变，从而形成嬗变。

对于受众来说，文学并不是一种可有可无的消费品，而是一种刚性需求，这是由文学的本质属性决定的。同时，文学自身对环境的适应性较高，能够通过自身的灵活调节作用，采用改变质和量的方式来适应传播介质乃至传媒领域的变化。

11.1　传播介质与路径发生演变

在电视媒体占据着传媒领域主要地位的时代，约书亚·梅罗维茨（Joshua Meyrowitz）通过模型的方式，对其加入媒介矩阵后的变化以及影响力进行了研究阐述。而当下，网络媒体和移动媒体异军突起，成为媒介矩阵中最重要的传播媒体，可以说完全改变了人类社会的生活。媒介矩阵的形成主要由两个因素促成：一方面是传媒技术的快速发展；另一方面是受众的主动选择。对于这种现象，美国学者保罗·利文森（Paul Cevinson）在进行了大量而深入的研究后提出了“人性回归”理论，即媒体之所以会发生演进，是为了更加接近人类官能，因此无论哪种媒介都以人性化为目标向前发展，使媒体能够更加适合人类的需求，实现两者的相互协调。这种演进是一种人为的选择行为。该理论的前身是媒介演进理论。由此可见，文学传播发展向着多维路径方向前进同样是由两个因素促成：一是媒体矩阵的物理性变化；二是人的精神需求选择。

技术和制度层面的演变对文学传播路径演变起着决定性影响。具体表现为新旧两种传播形态并非为完全替代关系，而是两者以混合的形态进行，最终旧的形态嬗变为新的形态。当下，人类正处于移动网络传播时代，每一种传统的大众媒体都与网络“联姻”，打通了新旧传播形态的维度之间的壁垒，成为融合形态与新型传媒，以各类 App 为主要传播介质。

受众会选择哪种信息传播途径，传播学大师威尔伯·施拉姆（Wilbur Schramm）对其中的影响因素进行了全面分析，提出了一个公式：选择的或然率 = 报偿的保证 / 费力的程度。这里的“报偿”指的是该种文学传播路径满足受众需求的程度，“费力”指的是受众选择该传播途径所要付出的总成本，两者之间为反比关系。即，“报酬”越高，“费力”越低，受众选择的概率就越高。该公式可以总结为受众选择某种文学传播途径主要考虑的是回报和付出比。面对相同的文学需求，与印刷媒介相比，网络和移动设备经济成本较低，这也可以用来解释当下受众更愿意选择后者的原因。亚马逊网站数据显示，2011 年，该网站开始引进电子书阅读器 Kindle，到2015年，该产品的销量远超纸质书籍。“第十二次全国国民阅读调查”显示，2013 年，我国受众有 50% 采用数字化阅读方式。到 2014 年，这一比例上升到 58%。可见，数字化阅读已经成为受众的首选，数字出版成为文化和文学传播的主要途径。

纸张出现后的 1 000 多年来，纸媒始终是人类文化和文学传播的主流方式。这种一支独大的格局在近代开始逐渐改变。尤其是在传媒技术快速发展的当下，多种传媒形态并存，相互展开激烈的竞争。可以看出，传统媒体在这场竞争中明显处于下风，受众规模在不断缩小，市场份额在不断下降，从而让渡出更多的市场空间给新媒体。而新媒体则以蓬勃的发展态势不断蚕食传统媒体的生存空间，成为当下受众规模最大的媒介形式。同时，媒介技术还在不断发展，更多的媒介形态不断出现，其带来的新奇感也吸引着许多受众，占据着人们更多的时间和精力。文学在媒介发展历程中不断地改变着自己的传播形式，从最初的口头传播，到后来的印刷、影视、网络，其通过自身的调节功能，紧跟时代的发展步伐，形成当下的多维度、多模态传播路径，并大有后来居上的态势。

综上可知，媒介具有融合为新的媒介形态的功能，因此，人们对于未来的媒介形态难以进行准确的预测。但有一点是可以确定的，即不管媒介以何种新形态出现，有两点不会发生根本性变化：一是信息处理系统；二是人的感觉输入器官。当下，传媒技术在不断推进，要想本课题的研究结果具有较长的生命周期，传播路径的命名就要按照信息的不同符码呈现方式进行。因此，笔者依据诉诸人类感觉器官的符码的不同，将传播介质分为三类，即数码文字路径、视媒路径和声媒路径。

由于媒介融合的快速推进，文学与其他传媒文本共用相同的媒介资源，这使得两者的边界日益模糊，网络文学由此出现。但两者仍然有着各自独立的本体，从而保持着本质差异。从功能论视角进行解释，这种本体性差异具体表现为：文学传播超越或远离现实，主要表达作者的个人情感和心理体验。以情感和文学审美为主要价值，给受众带来情感共鸣，享受文字的美好。在写作手法上主要追求个性化的表现手法；而新闻传播则以“真实”为基础，主要传递社会现实的最新动态，还原事件真相，强调认知，引导社会风气和价值观。在写作手法上注重统一。从表面来看，两者都对社会风貌有所描绘，并进行社会价值观的传播，但前者是“私”对“个人”进行的传播，以作者个体体验为精神内核，更多地体现的是一种作者个人的“天赋”；而后者是“公”对“众”进行的传播，组织和权力集团的意识观和价值观是其精神内核，作者的个体精神和独立性很弱。尽管在文学发展史上，风行过一些“歌功颂德”类或“哗众取宠”类的文学作品，但它们无法经得起时间的考验。实践证明，那些经过了时间考验的举世公认的经典作品都具有反映人性、描绘真实情感体验以及鲜明的个性化的特点。

因此，从功能论的角度来分析当下文学传播形态的变化，可以看出，这是受众对人性化内容需求加深、个人化体验更加强烈的体现。而当下的新传播形态包含了各类文字信息，传播方式更加多样化，形成了受众外在信息环境的多样化，为受众寻求个性化提供了便利，从而促进受众的个体发展。

此外，传播路径缩短是新传媒时代信息传播的另一个特点，呈现出扁平化传播的模式。传统的传播路径模式为：作者到传媒机构，然后到读者。而当下的传播路径则省略了中间环节，变成两种传播模式：一是作者到读者；二是读者和作者，即读者与作者共同探讨作品的创作。后一种模式在网络文学中十分常见，读者在作品评论区或者微博等平台上与作者进行互动交流，获得读者对作品的看法和建议，从而调整作品的写作方向和后续内容，使得作品带上了读者的个人情感体验。这种创作和传播模式已经成为当下网络文学创作的常态化，大大缩短了文学的传播流程。

11.2　传播者的构成发生变化

网络传播使得网络文学成为当下的“网红”，其蓬勃发展与其双向传播形态有着密切的关系。读者通过与作者的沟通交流，影响着作品的发展和走向，从而实现参与创作。他们既是受众，也是传播者，是网络文学快速崛起的主要推动力。网络传播改变了文学传播者的构成，即传播主体向多样性方向发展。

传统的严肃文学创作门槛较高，“把关”起到选择和过滤掉部分文学作品的作用，本质上是一种权利。但在新传媒时代，传媒市场逐渐成为买方市场，促使把关人效应的嬗变，“把关”的理念也发生了重大的转变，“把关”成为一种服务，即服务受众，获取更多的流量，从而转换为经济效益，表现在网络文学上是更多的点击量。因此，受众的关注点和兴趣点就成为各传媒平台进行内容生产的主要依据。信息的生产意识开始于受众意识转换，受众的地位在不断抬升，传媒“把关”的标尺高度也一降再降，价值尺度主要依据受众的需求而定，对于文学创作采用低门槛的方式，鼓励和吸引更多人进行网络文学的创作，各种身份和年龄层次的人都进入文学创作领域，传播者和受众的身份界限逐渐模糊。这在很大程度上促进了我国的文学创作，表现为题材的多元化、表现手法多样化，作品形态更加丰富。其中，出现了一批具有开拓性精神的创作者，他们积极进取、敢于创新，如刘慈欣学习的是理科专业，但他创作的系列科幻小说在国际文学界有着较高的知名度，获得了雨果奖最佳长篇小说奖，并入围美国星云奖，对我国的科幻小说发展起到了积极的促进作用，同时，推动着中国文学的国际化传播。

此外，电影对文学作品的大量改编，使得众多影视明星也成为文学的传播和代言人。不同文艺形式之间具有天然的近亲关系，这一点在当下有着更加明显的表现，同时，使得文学作品更加具象化，人们将演员与他们饰演的文学形象直接挂钩，将其视为文学人物的“复活”，从而使得文学作品的幻想空间遭到严重压缩。例如，黄磊在《人间四月天》中饰演了徐志摩，人们往往将他作为徐志摩的现实模样。

11.3 传播内容与形态产生变异

依据不同的载体，文学形成了不同的生成、存在和传播方式，从而成为各种文学形态，每种形态都具有自己的特色。而三网融合的加速，文学载体之间也在不断融合，从而推动着文学传播形态的融合，由此将多个路径的文学包含在同一路径中。文学传播的变化主要体现在以下两个方面。

首先，文学形态的改变。从经济成本的视角选择，传播内容具象化和大众化才能实现传播成本的最小化，进而影响文学的形式和内容，当代文学形态的变化体现为小说兴起，诗歌衰落。从 20 世纪末至今，长篇小说占据了中国文学的中心地位，而诗歌尤其是长诗几乎从文学领域中消失。对于这种变化，有研究者提出是印刷技术的发展便于长篇文学作品的传播，有研究者则认为是多媒体帮助人们记忆更多的文章，解除了人们大脑的记忆负担。因此，诗歌具有的篇幅短小、便于记忆和口传的优势在逐渐减弱，最终走向了衰落。

在新传媒语境中，已经无法按照传统的分类来命名长篇小说的形态。当下，人们往往依据载体进行命名，由此出现了影视文学、网络文学、微博文学等。

其次，文学内容的变化。无论是以文字记录还是口头形式传播，文学语言都具有一个共同的特征，即与日常语言有着一定的差异，表现为较为抽象，并具有自身的形式和规则，这种形式最终被称为“文学”。由于古代传媒技术落后，传播方式原始，传播的时间成本很高，繁杂、量大的文学作品不利于提高传播效率，这就要求文学语言高度简凝，因此，诗歌是古代主要的文学作品。之后，印刷技术的出现，降低了文字记录和传播的时间成本，传播效率开始逐步提高，语言简化的逐步下降，容量较大、篇幅较长的叙事文学开始出现并流行。而现代电子媒介彻底改变了文字的记录方式，并且通过影像的方式，更加直观、具体地表达出文学中的人物形象，这样的传播方式对受众的思维能力有着重大的影响，一方面，受众的形象思维能力在逐步增强；另一方面，抽象思维能力在逐渐下降。这一变化在很大程度上限制了受众的个人想象力，削弱了他们的主观参与感。

对于影像传播媒介限制受众想象力的问题，理论界有过深入的探讨，发现问题并不是表面看来这种单向的影响，而是表现为双重性，即既有压缩又有扩张的效应。具体作用路径为：受众在通过影像路径阅读文学作品时，感觉到参与感不足，想象力受到了约束，于是转向数码文字路径，通过文字阅读来发挥自己的想象力，从而获得自由的情感体验，这也是新路径中充斥着虚构性极强的文学作品的原因，而现实主义作品则失去了市场。

想象力的美学原则在当下受到极力推崇，原因就是受众想象力的日渐贫乏。例如，《花千骨》中瑰丽的长留仙地，《盗墓笔记》中各种奇遇的波谲云诡等。正是由于想象力的普遍缺失，在海量的网络文学中，这些具备非凡想象力的作品才受到了市场的青睐。随着人类对外太空探索力度的加大，以及平行世界等论点的提出，文学界掀起了一股“穿越热”，即想象人类穿越时空从而发生的种种奇遇。想象包含三类：①逻辑想象；②批判想象；③创造性想象。现代科技拓展了文学的逻辑和批判想象的空间，但对创造性想象没有明显的影响，压缩了想象性描写修辞，而现代科技对未知世界的了解程度又直接决定了未知的修辞性想象。仔细分析当下的穿越类文学作品可发现，尽管其中有着许多不可思议的想象，但最终依然是采用人类的科技武器解决遇到的问题，这不属于人类的创造性想象。

11.4　文学接受的形态呈现变化

文学传播嬗变主要通过文学接受层面变化体现出来。具体表现为以下三方面的变化。

首先，文学主体的变化。通过大数据整合受众，使得原先处于分散、隐匿状态的受众形成一个主体群体，并具有强大的力量。新型传播媒介使得文学活动中主体之间的关系发生了重大的变化，从传统的作者与读者各自独立、单向传播的模式转变为互动创作模式，并且两者都形成了群体状态，如作家群、阅听群等，文学机构数量不断增长，文学规模逐步扩大，文学形态日益丰富，文学对大众生活的影响力在不断提升。文学写作速度加快，类似于商品的生产。基于人际传播的形式，每个人都既是信息的接收者也是信息的传播者。信息的获得和发布变得如此容易，极大地增强了文学传播的开放性特质，形成了互动性传播模式。

基于互动性传播方式，在文学创作中，文学主体之间的关系发生了重大的变化，信息的传播者与接收者进行着及时而频繁的互动，两者的界限逐渐趋于模糊。写作者和读者都是传播主体，读者不再是传统意义上的只负责“读”，而是通过与作者交流而参与到创作中，从而形成一种新型交往模式——主体间性。“主体间性”这一概念的提出者是德国哲学家埃德蒙德·古斯塔夫·阿尔布雷希特·胡塞尔（Edmund Gustav Albrecht Husserl），经过多位学者的研究推动，获得了进一步的完善和发展。该概念指的是“人与世界、主体与主体之间交流、共生共在关系的性质”，包含三层美学含义：第一层，审美存在的主体。主要存在于两类群体之间：一类是自我主体与对象主体之间；另一类是个人主体与他人主体之间。这些主体之间相互作用，从而生成审美的意识；第二层，审美的体验。只有主体间产生相互、共生的体验，从而领悟到自身的生存意义才意味着获得了审美的体验；第三层，文学创作的主、客体之间没有清晰的界限，两者互为主体。很多论坛中的网络文学作品是读者参与创作的结果，是集体的力量，这也是对这一概念的证明。同时，双向传播模式还促使传播主体创作理念的变化，使得创作更加关注读者的兴趣，从而选择社会热点进行文学创作，读者和作者之间的关系史无前例地密切，形成了共生共在的关系，双方的存在才使得作品具有了存在的价值。读者逐渐处于主体性地位，从而影响着文学的创作。文学传播市场成为读者的市场，他们的需求决定着市场提供的文学产品类型。同时，作者的创作个性逐渐丧失，文学创作不再是一项精神独立的工作。

其次，文学接受方式由单一变为多元，即从传统的出版模式转化为多种阅听模式。当下，数字阅读盛行是文学接受方式最大的特征。在这样的环境中，传统阅读方式逐渐走向没落。影视化阅听和数码化阅读的数量远超印刷品阅读。对我国国民阅读行为的嬗变，李新祥通过问卷调查的方式展开探讨，发现数字时代的受众阅读呈现明显的浅、泛特征。阅读方式从传统的单一的“读”，变为“读、听、看”三种方式并存；在阅读内容上，经典阅读和人文阅读持续下降，对新闻、娱乐等功利性信息更加关注，文学感受则基本被忽略，理论探讨走向衰落。文学传播形式以数字出版和网络传播为主，并采用产业化运作模式。

最后，读者接受价值的变化。通过数字阅读的方式，阅读的互动性得到极大的提升，文学的审美表现手段更加多样化，从而促使读者审美价值发生嬗变，形成了感官化、浅层化的审美特征。对于这种变化，周宪指出，现代传媒技术的发展给文学带来的消极影响主要体现在促使文学商品化，从而使得文学的个性化消失、读者“审美感觉钝化和惰性”。对于文学来说，审美价值是其根本属性。对于阅读行为来说，审美价值也是最重要的一项价值要素。无论新传媒形态的影响如何，都不能完全将该要素从文学中移除。

第12章　新媒体环境下“数码文学”的传播路径

在数码空间中，所有以文字为主要传播形态的路径都称为数码文字路径。在接受研究方面，往往依据不同的接收端将其划分为两大类路径，即移动文字路径和计算机文字路径。前者不过是后者的移动化形式，是对后者的简化和移动化处理。因此，这两类路径并无本质上的区别，只有形态上的差异。随着各类新型传播媒介的发展，尤其是移动化传媒的快速推进，网络文学路径逐渐产生了变化，在社交化和移动化的基础上，向着多模态传播形式发展。

从传媒的技术发展历史来看，可以发现，在所有传媒技术中，网络传播最为“年轻”——不到50岁，还谈不上历史发展。与上百年的电影及上千年的印刷术完全不能相比，但其发展速度之快、产生的影响力之大，对人类生活的改变是任何其他一种传媒技术所无法比拟的。“bit”（比特）是一个网络专用名词，是文学在网络传播中使用的数码语言，其必须依赖物理传播介质才能顺利实现传播，而计算机和互联网硬件就是介质的主要构成。在网络世界中，“0”和“1”两个阿拉伯数字十分神奇，通过各种组合方式形成了所有文字和音视频符号，即文学数码语言。符号以数码文字的形式存在，网络将各个信息节点和计算机终端联结起来，计算机则是前两者的物质载体。数码文字传播路径就由这三者组成。

12.1 文学网站——PC 互联网平台中的传播途径

PC 即“个人计算机”，是一个网民与互联网连接的“路口”，在实现连接之后，文学网站就可以以 PC 路径进行文学传播，即用户通过 PC 进行文学信息的阅读。这也是当下文学主要的传播形态。

主要提供与文学相关的信息资讯的网站称作文学网站，包括提供文学作品阅读、作家及相关文学作品介绍、文学动态及文学批评等内容。这类网站由两类物质组成：第一类是媒介实体，又称物理载体，属于硬件范畴，包括网络和计算机等个人网络终端设备。第二类是媒介符号，属于软件范畴，包括各类形态的数码符号。

目前，我国文学网站众多，主要有原创性文学网站、杂志社 / 出版社的官方网站，以及一些专门性的文学协会、组织的官方网站。文学网站路径主要有以下几类。

第一类，原创文学网站。这类网站专门进行网络文学的生产和传播。初期主要通过用户付费浏览或者流量变现进行赢利。随着规模的壮大和影响力的增强，增加了作品改编版权费这个重要的收入途径。网站会根据作品点击量的高低来进行小说排名，形成各类排行榜来吸引用户的订阅和浏览。付费行为反映了读者的价值判断，因此，对网站的文学作品进行价值判断时以付费榜单为标尺具有较高的合理性。

这里有一点应注意的是，由于文学网站采用按照字数付费的方式，导致创作者青睐长篇小说，从而出现了大量百万字数的小说，情节拖沓冗长成为常态化，严重影响到作品的质量，不利于网络文学的健康发展。目前，国内知名的原创文学网站有起点中文网、红袖添香网等。

个案：原创文学网站的重组与新生——起点中文网。

该网站是目前国内最大的网络原创文学平台，是网络文学平台的“领头羊”，也是该领域的代表网站，归属上海盛大网络发展有限公司。其首创了网络文学付费营销模式，对我国网络文学平台的运行和发展起到了重要的促进作用。网站设有男、女生不同的作品板块及有声小说频道。有着众多签约作者，作品内容无所不包，主要以时下流行的仙侠、玄幻、穿越等类型为主要内容，培育了一批知名的网络写手，培育了一个独特的网络江湖。

第二类，门户网站阅读或读书频道。随着网络文学的兴起，一些传统大型门户网站开始推出“阅读”服务，纷纷推出读书频道。这类网站不进行文学作品的生产，只进行网络文学作品的传播。通过收购或者控股原创文学网站的方式获得文学资源，如新浪、搜狐读和网易云等网站。经过十多年的资源整合、竞争，各大门户网站均设有阅读服务，数码文学路径形成了三足鼎立的形式，即阅文集团、百度文学和阿里文学三巨头基本掌控了国内的网络文学资源。

个案：门户网站的“网罗读书”——凤凰读书。

凤凰网站属于凤凰新媒体公司，其推出的读书服务——凤凰读书在内容上十分全面，不仅包括网络原创文学作品，还有出版小说和外文小说。其按照图书的内容可分为三大类：出版书库、原创书库和影视剧本库。该项服务与其他同类网站具有明显的不同，即走小众性路线，注重作品的思想性，以知识分子为目标消费人群，这与凤凰传媒集团的受众定位高度一致。凤凰卫视的长期固定观众成为该项服务的主要消费人群。思想性和艺术性是该网站进行文学作品选择的主要依据，因此，“凤凰读书”具有鲜明的严肃高深风格，中产阶级是其主流消费群体。

第三类，其他类文学网站。根据提供的服务内容，这类网站可以分为以下两类。

一是提供小说阅读。通过聚合搜索平台实现跨平台阅读服务模式，用户只需要使用引擎搜索作品或者文学网站的名字就能够找到作品进行阅读，如百度阅读、找小说网。

二是提供文学交流的网站。这类网站主要提供社交服务，用户可以在网站获得各类文学和影视作品的推荐、评价、评分信息，并且能够自己发表评论，如豆瓣读书。

12.2 移动阅读路径——移动互联网平台中的传播途径

移动阅读应用是移动互联网语境中文学的主要传播路径，英文为 application program，即智能设备应用程序，常使用 App 这一缩写形式，是目前智能手机推送信息和提供服务的主要技术形态，也是阅听者对文学的阅听主要采用的形式。

移动阅读应用由以下两类物质建构而成。

第一类，媒介实体，即物理载体，包括各类智能移动设备。

第二类，媒介符号，包括数码文字符号、图形图像符号和少量声音符号。

智能移动设备的 App 的组成：

通过梳理汇总，目前，阅读类手机应用传播路径主要有八种形态：来自专门的原创文学类网站，如起点读书、晋江文学城等；来自大型门户网站，如 QQ 阅读、百度阅读等；来自经营书籍的电子商务网站，如 Kindle、当当读书等；来自移动运营商，如中国移动推出的“和阅读”；来自传统出版社，如人民文学出版社推出的“醒客”；阅读类 App 是专门经营移动阅读的公司开发的产品，主要为互联网创业公司或文化传媒公司，如掌阅、黑岩阅读等；移动阅读类应用，由文学爱好者个人或者团体开发，如书香云集；个人化的阅读应用。通常为知名作家通过和技术公司合作推出的阅读应用，如韩寒的“ONE”App。

个案：韩寒的“ONE”App

韩寒是一位较为知名的时尚作家，他与腾讯合作推出移动阅读应用 App——“ONE ”。该应用在内容和运行上主要凸显“一个”的精简风格，即每天 22:00 ，推出一篇文章和一张照片，并与用户进行一个文学方面问题的探讨。文章多为中青年作者创作的散文或短篇小说；照片风格简约而含蓄，具有较高的艺术视觉美，并附有一段相关的文字（来自于某个文学作品中）；探讨的问题则由 App 用户提出，回答者为 App 的一名签约作家，问题的内容主要和文学有关，主要解答文学方面的疑问。这与其他网站依靠网络搜索匿名用户的问题回答方式不同。这种设计理念正是抓住了在海量信息的当下，用户需要明确的引导以最快获得特定信息的需求，即移动路径的文学信息应力求“少”，过滤掉冗杂的文学信息，实现信息的简化，从而具备了定制服务的功能。

目前，网络上存在着众多阅读类应用程序，包括阅读平台和某一书籍或者合集的形式。统计显示，2015 年，用以下的关键词在苹果公司的 App Store 上进行搜索，阅读类程序数据结果如下：以“读书”为关键词，搜索到 1 411 个结果；以“阅读”为关键词获得 5 291 个，有“快读免费小说”“搜狗阅读”“一生必读的 60 部名著”“盗墓笔记全集（有声 + 阅读）”等；以“小说”为关键词，搜索到 4 623 个结果；以“文学”为关键词，搜索到 1 722 个结果。

由于网络文学的共享性，给阅读收费带来一定的难度，因此，免费阅读是一个自然的现象。这就为阅读类 App 的盛行提供了条件，获得了极高的下载量。一些比较知名的网站成为流量接口，依靠庞大的流量来收获广告收益，实现流量变现。同时，在符号类型上呈现出多模态趋势，有文字类、音频形式的有声小说类、电商类、文学作品单部及合集类。数据显示，从下载量来看，快读免费小说、掌阅 iReader、QQ 阅读占据着这些免费 App 的前三甲。

付费的图书应用带有两个鲜明的倾向性：其一，倾向网络文学。表现在两个方面，即网络文学经典作品和网络文学经典网站，前者如悟空传，后者如起点中文网；其二，倾向于依靠一些带有禁忌字眼的文学作品来吸引用户付费下载，如情色、禁书等内容。

据统计，用户规模最大的阅读类应用有 QQ 阅读、掌阅、起点读书、黑岩阅读等，并且有着较好的经济收益。在这些应用中，免费下载应用占据了主要的比例，表明它们提供的图书能够很好地吸引用户，从而促使他们进行付费下载。

12.3 微博路径——社交化平台中的传播途径

在当下国内众多的社交网络平台中，微博是当之无愧的老大，有着最多的用户和最大规模的受众群体，并有着巨大的网络影响力。微博平台汇聚了大量的文学内容和资讯，文学传播的作品不容忽视。所以，微博作为一个重要的文学传播路径，应在本研究中占有重要的地位。

目前，国内流量最大的微博平台是新浪微博。2015 年 3 月，在该网站搜索“文学”关键词，找到 625 条搜索结果。在这些用户的注册名称中很多带有“文学”字样，共有从事文学创作、出版、编辑、批评和研究者及文学奖获得者等八类用户。有一个值得关注的问题是，微博上文学书籍点击量和转发量数据准确性存疑，年度数据缺乏，多以日、周、月为统计单位发布，这与平台的信息过多致使统计工作较为困难有着直接的关系。只有引入第三方统计机构进行数据统计，并出台明确的标准才能解决这个问题。此外，国内较大的微博平台还有腾讯微博、搜狐微博等。

2013 年，新浪微博发布“话题”功能，之后被命名为“读书”，内容主要分为以下两类：一类是文学作品中的一个章节或片段；另一类是文学作品和作者的推荐广告。随后发展成一个常设固定话题，继而成为一种固定的文学作品传播形式——微话题形式，这也是微博路径传播文学的主要方式。话题发起主体既有个人，也有企事业机构，尤其是后者，通过在自己的官方微博上进行文学话题讨论来博取眼球，提升自身的知名度，产生亲民效果。这也是传媒机构最常采用的宣传策略。如 2015 年 3 月，《中国日报》的官方微博推出自己的固定话题——“三点一起来读书”，周一到周五 15:00 发布一段文字文学作品，包括中外散文、小说、诗歌等多种文学体裁，主要为富有人生哲理的语句，形成语录式文学内容，如“生命中曾经有过的所有灿烂，终究都需要用寂寞来偿还。——马尔克斯《百年孤独》”。该话题吸引了不少用户。据统计，到2015年5月5日，在短短的一个多月时间内，阅读量达到了673万，可见其影响力之大，文学传播的力度之强。

新浪微博还有一个专门的话题——“深夜读书”，每天22:00以后会发布一段文学作品节选、书评、读后感等文字内容，也有一些作者介绍。该话题在微博用户中也有着较高的知名度。数据显示，关注用户为4 319个，参与讨论的微博23万，点击量高达23.2亿。对于“微话题”的含义，新浪“话题”官方微博定位为“基于社会热点、个人兴趣等内容形成的相关专题页”。当下，“深夜读书”的现象在网络平台上十分常见，已发展成为一个公共专题，其中汇集了个人兴趣和文本阅读。该话题的发布者不仅包括用户个人的自媒体，还包括线下印刷媒体，例如，《新周刊》杂志的新浪官方微博也推出“深夜读书”固定栏目，发布文学、历史等类作品内容。

统计数据显示，到2015年5月5日，阅读量排名前几位的微话题如下：第一名，“晚安心语”，阅读数14.831 71亿。唯一超过10亿的话题；第二名，“原来你还在这里”阅读数2.659 55亿；第三名，“他来了，请闭眼”，阅读数5 426.7万；第四名，“渡边和村上论战”，阅读数1 220.7万。通过上述的数据可以看出，微话题有着庞大的阅读量，是一条重要的新媒体文学传播路径。《他来了，请闭眼》是一部原创网络小说，首发于晋江文学网，后被改编成同名网络剧，在网络和电视台播出，有着庞大的粉丝群体。

从文学体裁上看，微博以传播“轻文学”为主，即内容轻松、欢快的文学作品，多为心灵鸡汤类的散文、随笔及语录集等内容，尤其是娱乐明星、文化名人的影像图文集占据了主要的比例，契合了微博社交平台“轻、快”的特征，即时尚、轻松、便捷。

散文和语录体是我国传统文学的一个重要文学体裁样式，在新中国成立后逐渐走向没落，一度销声匿迹。进入1世纪后，随着网络原创文学的兴起又复生，在微博平台上找到了生存的土壤，成为一种新型的文学作品形态。在新型传播形态下，传统散文的特质也发生了较大的变化，主要有以下几方面：其一，主题情感化，题材范围日趋狭窄，基本局限于情感的描述；其二，语言诗歌化，更精练简洁，讲究押韵，以达到朗朗上口的效果，便于传诵和记忆；其三，内容图文化，通过文字配图的方式，使得内容更加生动形象，提升作品的视觉美；其四，体裁随笔化，主要模仿近代知名文学大家的随笔风格，如朱自清、鲁迅等人。这类作品占比较高；其五，强调明星效应，利用娱乐明星推荐来吸引更多的粉丝阅读和转发，增强作品的影响力。

对于一部作品而言，书名的重要性不言而喻，具有吸引受众阅览的效应。尤其在“标题党”盛行的当下，书名就更为作者所重视。而微博本身又是一个社交互动平台，十分强调人情味儿，因此，书名充满人情味儿和可读性对于平台上的受众有着极强的吸引力，从而促进作品的传播和互动参与。值得一提的是随笔类作品的标题，显然，作者在为作品命名时经过了精心的构思，以充分发挥其“吸睛效应”，从而呈现出以下特点：首先，人情味儿式措辞。诺道夫·弗雷奇（Rudolf Flesch）（1949 年）通过研究发现，在大众中传播较广的文章往往标题中带有人称代词。从平台上阅读量较高的作品来看，其标题同样具有这个特征，即大多含有人称代词。如王小波和李银河的书信集《爱你就像爱生命》、祝小兔的《时光不老，我们不散》等；其次，结构较为复杂。表现为往往用一个完整句子作为作品标题，如林徽因的《你是那一树一树的花开》，杨杨、张皓宸的《你是最好的自己》；最后，语言风格诗化。文章中大量采用古汉语修辞手法，使得语言带有诗歌的神韵，便于朗读和传诵，并使得读者能够在阅读中享受到语言美感。如，十二的《不畏将来不念过去》、白落梅的《你若安好便是晴天》。

此外，畅销书在微博的文学传播路径中数量大，占比最高。对于这种现象的根源，文化界及平台方都无法给出明确的答案，即是因为微博用户量高而活跃带来了书籍的畅销，还是畅销书在微博中得以迅速、广泛传播，这两个解释似乎互为因果。一者由于网络时间的不间断性，给统计工作带来一定的难度，很难对这两项数据的先后进行区分；二者并非所有的作品都能够按照这两个理由来进行解释。因此，无法进行有效的求证。但实践中确实存在着营销、炒作的行为，这些行为对于畅销书的形成具有强大的推动作用。

因此，我们应正确看待畅销书的问题，文学关注度和点击率高与作品的文学价值和美学价值并非为正向关系。即使是在传统的印刷传播路径中，这种行为和影响力同样存在，通过经济推手来炒作文学作品，从而达到收获更多经济效益的目的。因此，文学书籍传播领域往往受到经济和政治因素的干预，瞄准的就是该领域巨大的商业价值和社会价值。

12.4 微信路径——移动化场景化平台中的传播途径

手机、iPad 等网络设备属于移动媒介，弥补了 PC 终端不可移动的缺陷。“补偿性媒介”概念由保罗·莱文森提出，该理论认为，任何一种后出现的媒介都具有弥补已经存在的媒介功能的缺陷，这是人的自主选择行为。他指出，人通过说话和移动两种方式进行交流，然而传统媒介受制于技术的局限性而将这两种方式分割开来。因此，对于传统的只具有说话交流功能的计算机来说，移动终端实现了说话和移动两种交流方式的合二为一，是对计算机媒介功能的完善。将微博平台与微信平台相比较，后者具有明显的封闭性，其目的就是要避免微博信息泛滥的问题。例如，微博公众号可以自由发文，次数不受限制；而微信的公众号每日发文有着次数的限制。另外，诗歌在微信平台上获得了良好的传播，呈现出多模态空间形式，比较知名的诗歌传播微信公众号有“十月读书”“为你读诗”等，都拥有大量的粉丝和阅读量。在文学作品的传播方面，用户关注度较高的有悦读系列、唯美微小说、水木文摘等。

文学类微信公众号的主体有三大类身份：第一类是经济组织，主要为各类文化传媒公司和印刷出版社；第二类是个人，主要为文学工作者、文学爱好者；第三类是公益组织，主要为大学文学社、文化同人团体。另外，面对当下读者逐渐背离纸质刊物的现象，传统出版机构积极进军新媒体领域，利用社交媒体来吸引年轻读者。如《收获》《小说月报》等纯文学杂志都开通了微信公众号。此外，还有一些文化同人组织开通了同人微信公众号，如“黑蓝”。

与微博平台的文学传播路径相比，微信平台具有较高的私密性和信息精简性，延长了读者停留的时间。但该路径的文学传播存在完整性和统一性缺乏的问题，散杂在各种类别的公众号当中，没有形成自己的独立传播路径。

据统计，以文学为主要内容的微信公众平台被划入以下几类文化板块中：

（1）“百科”。其中包含“精彩语录”“经典语录大王”“唯美微小说”“美文美图”“水木文摘”“睡前故事”“政商阅读”“热文榜”“阅读社会”“悦网美文日赏”“读者”“晋江身边事”“唯美文字语录”“一路书香”等榜单。

（2）“文化”。其中包含“十点读书”（总排名第9）、“读书文摘”“壹读”“大家”“笨鸟文摘”“文字撰稿人”“为你读诗”“王五四文集”“读首诗再睡觉”“ONE 文艺生活”“被窝阅读”“悦读馆”“诗词世界”“青年文摘”“凤凰读书”“豆瓣阅读”等榜单。

（3）“情感”。其中包含“张小娴爱情语录”“路过心上的句子”“知音”等榜单。

（4）“体娱”。主要为影视微信公众号，有“微电影”“豆瓣电影”“精彩电影”“电影工厂”等榜单。

后来“文摘”类独立成榜。

据“新媒体指数”统计，以下面几个关键词进行搜索得出以下结果：

（1）以“文学”为关键词进行搜索，获得 608 个公众号，微信文章 71 292 篇。公众号主要来自期刊和杂志社、出版社、文学网站、教育机构、大学文学社、同人社团等，如历史与文学、红袖文学、人民文学出版社、今天文学、七色花文学社、茅盾文学奖网、每天读点文学典故、人民文学、青年文学、文学报、红岩文学、广州大学棠棣文学社等。

（2）以“阅读”为关键词搜索，有微信公众号 454 项，微信文章 50 余万。文章内容包括文学和纪实类文章，主要有育儿、养生、理财、心灵鸡汤、历史等内容，如“每天阅读一小时”，“智慧阅读”。

（3）以“读书”为关键词搜索，获得微信公众号 814 项，微信文章 162 471 项，内容涉及文学、历史、财经、名人访谈等，如和讯读书和读书汇。加入生活资讯类内容是后两者的区别，使得文学内容更具实用性，显得更加贴近生活而亲民。

从内容上看，微信公众平台中传播的文学主要为“心灵鸡汤”类文章，题材主要为一些抒情散文、搞笑段子等，以大众化为主要特征，彻底实现了文学的“文以载道”价值。如“人生文学”这个板块，微信介绍为“分享最有深度的篇章，感悟最有价值的人生旅程。阅读最有魅力的文字，指导最明亮的前进方向”。文章具有鲜明的模式化特征，即通过文章叙事，结尾点出人生的感悟，内容主要集中在人际交往中的故事经历。这些文章还具有一个共同的特点，即文章既不标示作者姓名，也不注明出处，文字质量和文学价值都较低，文字使用不同规范现象比比皆是，甚至有如《最狠的报复，原来是这个样子 ...》这样的标题，符号使用极不规范。

12.5 奖项性传播路径——荣誉平台中的传播途径

文学奖项或者文学排行榜是一种依据作品的文学价值和审美观念进行评估和传播的方式，是一种二次传播。

目前，国内文学界比较有分量的文学奖项有：茅盾文学奖、鲁迅文学奖、冰心文学奖、华语文学传媒大奖、中国小说学会奖、上海文学艺术奖等。另外，还有国际文学奖项，如诺贝尔文学奖有着更高的影响力。高行健、莫言、张洁等文人都获得过国际性文学奖项，他们的作品也受到了大众的追捧，成为畅销书。

有影响力的文学排行榜有：“开卷”销量排行榜、中国小说学会年度小说排行榜、中国富豪作家排行榜、《光明日报》“光明书榜”、《新京报》图书排行榜、凤凰新媒体的“凤凰好书榜”、新浪好书、亚马逊图书排行、当当图书排行等。

每个文学奖项和排行榜都有着自己的评选体系，相互之间存在着不等的差异。随着电子传播渠道的盛行，文学评比将网络文学也纳入评比范畴，反映出网络文学的身份逐渐被传统文学所认可和接受，文学评判体系得以改变，网络传播路径的地位有了极大的提高。但对于网络文学采用单独列出奖项或者榜单的方式，这也反映出传统文学与网络文学的内容价值取向上存在着较大差异，很难采用同一个标准进行评价。例如，2015 年 3 月举办的第 13 届华语文学传媒大奖增设网络作家奖。

《繁花》是一本畅销小说，曾获奖无数，这为小说的畅销起到了重要的促进作用。主要奖项有：2012 年，获得中国小说排行榜长篇小说第 1 名，评选单位为中国小说学会；2013 年，曾获凤凰网读书频道“年度十大好书”称号，北京开卷公司和《出版人》联合主办的“2013 中国书业年度评选”年度图书奖，搜狐网主办的“鲁迅文化奖”年度小说奖，新华网和中国出版传媒商报社联合主办的“2013 年度中国影响力图书”年度小说奖；2015 年，获茅盾文学奖等等。这些奖项，亚马逊销售数据显示，《繁花》在当代小说中排名第 1 位，热销图书商品中排名第 13 名。畅销的原因固然与小说本身水平有关，但众多奖项的推动作用不可小觑。对于受众来说，奖项代表着对作品价值的肯定，成为他们选择阅读该书的重要理由。

第 13 章　雕塑艺术在表达方式上的文学情缘

在表达方式上，具象雕塑通过“模仿”来表达创作者的情感，这一点与文学创作相同。从西方现当代雕塑语言来看，与传统古典雕塑之间的区别主要体现在两个方面，即材料范围的拓展和形式的极端强调，从而使得“文学性”的表达不再局限于唯美或史诗般的叙事特征。

雕塑作品中的文学性表达有两类含义，即雕塑作品采用类似于文学的表达方式来塑造人物或事物的形象，或雕塑作品的内核精神具有文学作品的内涵，能够对观者产生心理暗示作用，或勾起观者的回忆，从而引发遐想，产生审美体验。

13.1　具象雕塑对文学表达方式的借鉴

无论是哪个历史时期的雕塑作品，都带有鲜明的时代人文特征，高度契合当时的人文环境和文学思潮。这足以证明雕塑艺术与文学有着十分密切的关系。这一点在古典主义时期特别突出，当时的雕塑主要承担着社会功能，即塑造伟人及宗教神话形象。透过作品的主题表达就可以看出其诞生时代的人文环境特征。这表明艺术家的创作明显受到所处时代社会条件的限制，表现为鼓励或压制。这就决定了他们的雕塑创作要以还原文献为基调。但在开放的当代这个问题已经基本不存在，文艺创作秉持“百花齐放”的创作理念，强调创作者的情感和个性化特点，追求“文学性”，营造诗意的美感，由此出现了一大批“诗意”的作品，体现在作品的情感、韵律和格局等各个方面。文学作品是对现实世界的反映，不管作者采用的是哪种表现手法，或者作品的内容和情节有多荒诞与虚妄，都是对客观世界的模仿从而形成的间接投影，以表达出作者的思想情感。当代具象雕塑同样如此，都是通过模仿来表达创作者的情感，反映现实生活。这也是这两种艺术形式的共同特征。即亚里士多德（Aristotle）提到的“模仿的快感”。笔者认为，具象雕塑就采用了这种创作手法。

诗歌是文学作品中的一个类型，与其他文学体裁相比，其执着于一个点或面的描述，侧重于情感的抒发，较少对客观事物进行描写，可以说是一种冥想与感受，是诗人用抽象的方式来叙述自己的人生体验，因此，具有鲜明的抽象性特征。具象雕塑与诗的语言表达有着相通点，但以实体为存在形态，更加直观、生动，以视觉性美感为主，具有具体性特征，这与诗歌语言的幻象性有着较大的区别。这里应注意的是，“模仿”是艺术创作的方式或手段，而非艺术的本质。对此，亚里士多德认为：模仿是创作方法，表现为创作的过程，是创作者的一种自主选择，而非艺术创作的最终目的。具象雕塑与诗歌都采用“模仿”来表达情绪，即借物咏情。无论是幻象性的诗歌，还是具象性的雕塑，创作的目的都是通过具体的作品来表达情感，而非“模仿”本身。在使用具象手法进行艺术创作时，首先要找到一个客观的、具有具体形象的对象，据此展开塑造。塑造并不追求真实还原该对象的外在面貌，而是通过创作者自身对该对象的体验进行变形和提炼，从而表达出自己内心的情感。因此，这种“模仿”并非简单地模仿事物的原型，而是超越了原事物对象的塑造方法，赋予了物体以具象的诗意。这就是具象手法的独特性。

13.2 叙事文学对雕塑艺术的资助

传统雕塑艺术主要以社会功能为主，主要复制历史名人、神话人物等，创作题材十分狭窄。随着人们个体意识的增强，现当代的雕塑艺术家在创作理念上更加积极追求自我表现，以自身的审美情趣展开创作。在创作过程中，雕塑艺术家抛弃传统的创作规则，依据自己的审美经验对物象进行意象提炼，从而获得不同的情感表达形象。在表现方式上，雕塑艺术家更多地借鉴诗和文学的表达手法，采用象征手段来传递作品的含义，赋予物象以诗意的形象。此时的创作过程表现为先形式后叙事的特点，传统雕塑艺术中的纪念功能逐渐弱化乃至消失。

奇奇·史密斯（Kiki Smith）是美国当代著名女艺术家，她的雕塑作品最大的特点就是用现代人的视角去解读古老的人物和事物，从而将全新的理念注入古老的角色中，引导观者调整思维模式，重新审视固有的形象。因此，她的作品往往从一些古典的经典故事中选取素材，尤其是为大家所熟悉的故事角色，主要以动物为主。通过自身独特的艺术视角对相关故事角色的描述，模糊人和动物之间的界限手法，表达出自己对人与动物及自然之间关系的理解和思考。

她的作品《诞生》为一幅铜质雕塑。作品取材于一个古老传说：一位王后因为遭到污蔑而被国王判处死刑，之后被一名猎人救走。她和女儿只能隐居在森林里艰难度日。一只母鹿给予她们母女俩很多的帮助。这幅作品描绘了一只母鹿在分娩的情景。最让人惊讶的是分娩出来的竟然是一个成年的女子。“母女”两人的表情也特别有深意：“母亲”表情安静淡然；“女儿”却满脸惊讶。作品以超现实状态的构图形式表达了奇奇·史密斯以女性的视角来理解生命的诞生，即生命源于自然，万物平等。强调养育在自然中的重要地位，人类文明则退居其次，传递出艺术家对生命的敬畏之情。同时，也将母体孕育生命的主题用“诗意”的手段表达出来。由此可见，当代雕塑艺术家不再只是复制经典文学故事中的人物或情景，而是进行全新的诠释，这种打破原有思维模式的创作理念赋予作品以更强的生命张力，增强了作品的艺术感染力。

13.3 雕塑与文学性表达的共同转向

具象雕塑具有可观、可触性，是一个实在的物体，以立体形象呈现在自然空间中，因此，其比任何艺术形式都更加直观、具体。同时，与其他形式的雕塑作品相比，能够带给人更好的视觉感受。因此，许多当代雕塑艺术家都更注重主观在作品中的展现，不再强调客观再现。以诗意的表达方式来替代描绘性表达方式，使得雕塑成为创作者的情感载体，而不再是文学作品的载体。

19 世纪后，现代主义出现并成为创新的代名词。这个时期各类艺术形式的融合加快，互相之间的界限逐渐模糊，特别是思想内核。“个性”成为这个时期艺术领域最看重的东西。不同艺术领域的大师有着自己独特的艺术个性，他们任意一部作品都给我们界定的东西提供了可靠的证据。每部作品所表现的主体就是艺术家自身的个性。“文化历史学家一直试图维持秩序”，并就这种艺术个性对文化及社会各方面的影响展开激烈的讨论。“个性”带给艺术作品的变化就是作品的视角更加开阔和具体。

文学作品中的很多场景能够引发读者的回忆，这些都是作者的生活经历，通过对这些场景的描写，作者的情感融入其中。雕塑创作也是如此，通过场景和角色的塑造，雕塑家的思想情感注入其中，然后借助视觉传播让观者感受到，从而引发情感共鸣。通过雕塑作品的完成，雕塑家将自己的情感和精神转变为一个可视、可触的艺术形象，引导观者从雕塑家的视角解读作品。

马库斯·吕佩尔茨（Markus Lupertz）是德国一位著名的雕塑艺术家，属于新表现主义流派。他的作品《普罗米修斯》采用青铜材料制作，并进行了着色处理。作品中的人物面色苍白，在努力地抬头仰望天空，似乎很艰难地举着右手，双腿向内弯曲，蓝色胸部的伤口中露出受伤的内脏，整个肉体“畸形扭曲”，显得十分痛苦而疲惫。这位英雄似乎在竭尽全力不让自己倒下，以示对宙斯淫威的不屈服。作品中人物的形体采用粗雕法，简洁有力，在着色上采用硬朗的黑色墨线，形成一条条扭曲的肌肉骨骼线条，表达出人物强壮的身体和坚强的意志。在整体上，艺术家采用局部形体的归纳处理法，使整个人物的身体呈现出向上的张力，凸出英雄努力向上的不屈服精神，使作品极富表现力。雕塑家通过“借用”这个神话“题目”，“诗意”地表达自己的反抗精神。

“诗意”主要是对生命个体内在的难以表达的体悟，是一种深远的情绪，其存在于人类的内心世界和意识深处，往往会被人们所忽略。“诗意”就是要将这些情绪唤醒，使得观者与艺术家产生情感共鸣。对于具象雕塑来说，诗意表达体现在强调凸显对象的外在特征和内在本质特征。

13.4　雕塑与文学性表达的默契共通

本文所说的“具象雕塑”指的是这样一种雕塑形式：

首先，其范围并不十分清晰，没有明确的边界；其次，不属于写实雕塑和抽象雕塑类型。前者具有面面俱到刻画对象的特点，后者则没有具体的自然形象；再次，塑造的对象必须以自然界存在的某种事物为依托，但又不是完全再现，而是对该事物进行内涵的提炼，从而成为该事物的变形体。正如奥古斯特·罗丹（Auguste Rodin）所说："是用一种生动的引发联想的综合代替那些解释性的细节"。因此，在他的想象中，他的作品只有一个总体结构而不拘泥于细枝末节。

在进行具象雕塑创作时，当代的雕塑艺术家往往采用中国画中"写意"的创作手法，即以自己的审美经验对自然客观物象进行观察、想象，从而获得其形象的精神特质，经过提炼，重塑该物象的体态，形成一个变形的物象形象，以充分凸出物象中包含的美学内涵和精神品质。通过这样的自我探索，达到表达自我情感和审美情趣的目的。

摆脱了传统雕塑作品肤浅的美学状态，赋予物象以提炼过的艺术美，这就是艺术家的艺术修养和智慧体现。哲学家张世英曾经说过：对于我们身边的事物，普通人都按照主客关系来看待，只有极少数人能领略到其中蕴含的审美意境，而这是常人所无法体验到的。优秀的艺术家就是这里的"极少数人"，他们拥有一双"慧眼"，能够看透事物外表下的本质，通过艺术提炼和加工处理，使得该本质得以升华，从而引导观者看到这种美学内涵，进而获得内心的自我体验。在当下这个强调个性化、鼓励创新的时代，中国雕塑界会聚了一大批青年艺术家，他们有着与时俱进的精神风貌，充满了生机与活力，为中国当代的雕塑发展注入了无穷的动力。

阿尔伯特·贾科梅蒂（Alberto Giacometti）十分注重对人的本质的描绘。他的雕塑作品最大的特征是人的形体占用的空间越来越小，只剩下内核形体，具有人类独有体貌特征的轮廓。通过这样的形态来强调人的本真。经过极致提炼，人体的形体被压缩到了极限，只有“韵”孤独地存在着，表达出“人”存在的单纯、脆弱和疏离。他的作品中的人物形象还具有一个特征，即头部左右压缩，产生了脸部被拉长的效果。眼睛和嘴空洞地张开着，而躯干部分前后压缩成两个紧贴在一起的面，形成一个变形的人物形体，能够引发观者对人“存在”的思考。阿尔伯特·贾科梅蒂借鉴的是文学隐喻的表现手法，用极简的线条进行“人”的形体塑造，就像一个小黑点待在一张白纸上，寓意人类在茫茫宇宙中孤独地存在。

雕塑所创造的空间是客观存在的。在雕塑艺术的发展史中，人类对形体空间的认识处于不断变化发展的状态，是一个从隐约感知到实践体会认知的过程。雕塑艺术最早发源于古埃及，兴盛于古希腊和古罗马。对于形体空间的认识，最早有古埃及的二维“正面律”，即物象的基本轮廓空间为“正面化”并呈对称结构。19 世纪前的西方雕塑秉持以体块概念为主的传统架上形式。在多丽丝·莱辛（Doris Lessing）提出造型艺术属于空间艺术这一分类方法后，雕塑艺术的传统向心空间意识遭到严峻的挑战，空间概念及其形体构成有了很大的变化。从20世纪中期开始，雕塑学重新展开对空间表达的美学探讨，希望能够找到明确的雕塑空间表现的定义。因此，具象雕塑怎样去表现雕塑的“诗意空间”这个问题与传统意义上的雕塑表现手法的探讨并不是同一个问题，而是以环境与雕塑的关系为探讨的重心。这也就决定了这一时期雕塑家们创作的指导思想就是要创造一个表现对象与空间相互作用的完美的“场域”，即创造一个“诗意空间”，这才是雕塑美学的本质。在这方面，亨利·斯宾塞·摩尔（Henry Spencer Moore）有着卓越的贡献。通过探索和创新，他打破了前人在空间表达方面无法突破“可表现性”的局限，用全新的空间逻辑将“可能性”展示出来，促进了当代雕塑空间意识的革新。这一点在他的大型石雕《国王与王后》等雕塑作品中都有着鲜明的体现。对于自然事物，艺术家具有自己的独到眼光及独特的解读，并依照自身的审美偏好将作品放在特定的自然环境中，打造一个两者和谐存在的意境，使得作品与周围的自然环境相融合，从而成为环境中的一分子，带上神秘而具有美感的原始气息。对于作品的材料选择，亨利·摩尔更青睐石材。这一时期的雕塑创作已经摆脱了古希腊和古罗马时期的形式和表达法则，从室内创作移到了室外，通过进入自然进行实地观察而获得感悟和体验的方式完成构思甚至制作。创作者与自然空间展开对话，通过沉入自然，深入感悟自然，内心始终与自然在一起。因此，在亨利·摩尔的作品中，自然并非一个客观不变的世界，而是一个各类事物紧密相连，共同生存发展的场域，自然中的天空、树木、河流之间都和谐共生、相辅相成，每一种景色都是主角，而不是衬托的背景。艺术家在这种自然环境的陶冶下产生灵感从而创作出的作品与自然环境融为一体。这是一个借景生情——借景塑形——借景而展的创作过程，体现出艺术家深入理解空间并运用空间进行创作，从而实现“诗意的空间”的当代具象雕塑创作理念。

通过对亨利·摩尔雕塑作品空间创造的分析，可以看出，雕塑的空间创造在不断发展，使得“空间”不再是一个虚幻或呆板的概念，而是有着无限的可能性，能够让创作者通过这种表现手段更好地表达自己的情绪。

雕塑具有“时间性”特点，其中的时间与空间都是相对而言的，两者为互依互存的关系。莱辛认为，音乐属于时间艺术，美术属于空间艺术，包括雕塑。笔者对此持有异议，理由是雕塑同样具有时间性，这一点与文学作品相同。但雕塑作为一种静态的艺术形式，其时间感是如何表达出来的呢？古典主义主要采用人物的瞬间动作达到暗示时间的效果，这种效果是通过观者自己的内心活动来实现的。这就是静态表达动态的方法。如古典雕塑《拉奥孔》就是这方面的经典。观者通过作品中的人物动态，能够产生强烈的生命消逝之感，死亡即将来临的紧张气氛。这就是作品中人物动态带给观者的心理暗示，从而带来时间运动的概念。尽管作品中只有一个不变的动作，但其动态会让观者自动脑补一系列的连贯动作，从而产生了“时间性”。这足以表明，在雕塑艺术形式中存在着时间性。从当代雕塑作品来看，这种“时间性”的表达更加隐蔽，经典动态不再被雕塑家所采用，更多采用一些平淡但寓意深刻的情景来表达时间流逝的悄无声息，使得时间性充满了诗意。因此，无论雕塑作品中是否存在动态都具有“时间性”，只是表达的手段不同而已。例如静态雕塑作品中某个记忆点或者时间点带给人的召唤，采用的是一种“凝固”的“带入”方式，与动态雕塑的“瞬间性”相比，具有更加鲜明的“时间性”特征。

布鲁诺·瓦尔波特（Bruno Walpoth）擅长木材雕刻，其作品具有表面质感柔和的特点，并带有明显的工具痕迹，使得作品的质感更具写意。着色上采用反复多次的方式，赋予作品以古朴之感，刻画出内敛而安静的人物形象。他的作品中的人物低眉垂眼，似乎陷入沉思之中，也带有避世的含义。带给观者以内心的宁静，似乎周围的环境全都安静下来，时间也停止了流动。体现了创作者本人对于生活的态度和感受。布鲁诺·瓦尔波特生活在意大利一个宁静的小山村，很少与外界交往，他的生活安静而简单，所有的时间和精力都在进行创作。他主要以普通青年为作品的刻画对象，塑造出具有“沉默的情感”和“内向的力量”作品人物，赋予这些木雕以生命。

对于时间的表达，雕塑艺术家进行了大量的探索。他们尝试采用作品形态来消除时间消逝感，一方面，使得时间能够停留在触动人心的某一刻，带给人以最深的感触；另一方面，又创造出一种意识中似乎存在的“精神时间”。这个充满诗意的“精神时间”与真实的时间不同，能够带给观者以永恒之感。

在《诗学》中，亚里士多德提出："模仿所用的媒介不同，所采的方式不同。"可见，"媒介"与"方式"是艺术作品的重要组成。笔者认为，当代具象雕塑创造在材料的选择运用上即为"媒介"与"方式"。

首先，对于材料的选择。材料对雕塑作品的影响很大，往往决定着作品的气质和精神的表达。传统雕塑材料主要为木、石、金属等。近现代出现了多种综合材料，使得雕塑艺术家的选材范围更加广泛，为作品表达奠定了基础，并且为创作提供了灵感。从实际作品来看，当代艺术家对于材料的生命性十分看重，特别是木、石等有着较长生长周期或生命历程的自然材料，其自身具有的纹理有着独特的视觉美感和诗意内涵，能够帮助艺术家进行更好的情绪表达。其次，在材料的运用方面。木材具有温润的质感，石材具有坚硬的特质，工具的加工能够在材料的表面留下雕琢的痕迹，具有独特的视觉效果，能够帮助创作者通过多种形式来表达情绪。而陶瓷、铜等材质也因为具有泥性的效果而具有较高的可塑性。因此，这些材料天生带有自然的原始审美意境，并具有不可代替的特质，因此获得了专属的隐喻式标签。创作者运用这些材质进行创作，等于是采用一个有生命感的载体来表达自己的人生感悟和情绪，从而将其包含的隐喻的含义发挥出来，使得材料的特性与表达对象的特性相统一。具象雕塑创作往往采用减法雕刻法来运用木石材料，使得这种艺术形式的创作过程发生了很大的变化。这一时期的作品都强调情感和心理体验表达，创作者对材料怀有敬重之心，因此，他们在运用材料时总是将自身的经验注入作品的物性中，使其得以充分表达。创作者对材料的雕琢过程是与材料的对话过程，从而赋予作品以温度和亲切感，通过这样的创作过程，材料的诗意得以表达。

材料的质感是西方当代雕塑艺术家材料研究的重点。通过不同质感材料的选择和运用，获得其特有的视觉效果。他们通过改编雕刻技法的方式来将这种材料的特性充分展示出来，以更好地契合作品的情感内核，为此进行了大量的试验探索。

随着各种艺术思潮的兴起，雕塑材料的种类有了很大程度的拓展。不少艺术家在该领域展开探索。奇奇·史密斯就是其中的一位。她的中后期作品有着鲜明的体现，很多新材料出现在她的作品中，并且大多为生活中常见的材料，如树脂、锡箔纸、头发等；在题材的选择上也趋向于表达普通人的生活场景；在制作技艺方面也依据材料的特性采用缝补、镶嵌、拼贴等方法，使得作品充满了自由随性的艺术风格，不但具有鲜明的手工痕迹，还能使每个元素和谐共存。通过她细腻的手工处理，这些材料散发出温暖和柔情，从而焕发出生命力。在奇奇·史密斯看来，人类用身体接触外界，从而获得体验和感受。身体是人类共有的相同点。因此，她的作品主要以人体以及人体器官为表现对象，从而表达人与自然之间的关系。如《心脏》《舌头与手》等作品，能够引发人们对身体的关注和反思，人类不应忽视它们。她通过自然、常见的材料用最朴素的方法来表达自己的情思，给人自然之感，并能够引导人们对此展开思索。另外，在表现语言上，奇奇·史密斯也有着自己的创新，她将版画的表现语言引入雕塑艺术中，具有较高的借鉴价值。

由于西方的人文社会特点，西方当代艺术家对于生命自身有着极高的关注度，因此，他们在具象雕塑的材料运用方面开放而直接，敢于尝试更多的新材料，并且大刀阔斧地进行材料的处理，以获得最佳的质感视觉效果，从而形成多种风格，与东方审美观念下的作品存在较大的风格差异。

《消息没送到》是一件装置作品。作品的表现对象是一位匍匐在地面上的巨大天使。整个作品的材料极具现代感：天使的身体采用泡沫制成，具有石雕的质感；背上插满了一根根不锈钢钢管，具有冰冷的视觉感，代表着工业社会的冷漠。作品的创作者为女艺术家尹秀珍。天使脸贴着地面，突破了古典天使的形象，在不锈钢管材料质感的反差下，表达出人类正在一步步走向末世的情景，营造出一种苍凉的氛围。加之作品诗意的命名，引发观者对作品主题的遐想。不管题材还是布展方式，该作品都有一种诗意的留白，这是东方诗意的审美表达。

作为不同的艺术形式，雕塑与诗歌各有所美，前者表现为千姿百态的形体美，而后者表现为荡气回肠的语言美。雕塑艺术家通过立体的造型来表达自己的情思，一件作品有着无限的包含，如一草一木那么小，到宇宙那么大都可以囊括其中，通过自身的审美语言实现客观物象的现实超越。同样一个物象，普通人眼中只能看到外表或部分，而艺术家却可以看到其精神，并通过艺术的手法将其表达出来，如幻想、夸张等手段，使得这种特征得以放大，成为物象的精神象征。这个创作过程就像诗歌采用赋、比、兴等修辞方法来实现文学韵味一样，从而表达自己的情感。

第14章 《全唐诗》中的曲项琵琶史料考论

中国是一个诗的国度，唐诗更是古典诗词的集大成者。唐诗的题材非常广泛，有很多诗篇的内容都与音乐相关，其中记载琵琶及其演奏的更是为数不少。据笔者不完全统计，《全唐诗》中与琵琶有关的诗词至少有170余首，仅白居易一人就有32首涉及琵琶的诗作，其中的《琵琶引》更是有着对琵琶艺术极为精彩的概括与描写。在这些经典的诗作中，有的记述琵琶的形制、材料；有的表现琵琶的演奏形态；有的描写琵琶的演奏曲目；等等。《全唐诗》中遗存的关于琵琶艺术的史料，是我们研究唐代琵琶艺术的一份珍贵的历史文化遗产。从这些琵琶诗中我们可以窥见唐代琵琶音乐发展的盛况，从而以一种极富诗意的方式对这一乐器作深入的了解。

据唐杜佑《通典》(《全唐诗》卷一四四）载，唐代琵琶有三种：阮咸琵琶、曲项琵琶和五弦琵琶。在《全唐诗》中涉及最多的是曲项琵琶。笔者通过参阅国内有关文献和研究成果，系统收集了相关资料与数据，通过分析与校勘文献，将《全唐诗》中与曲项琵琶相关的诗作列表于下：

诗人	诗作	卷数	共计
李世民	《琵琶》	卷一	131首
李怡	《吊白居易》	卷四	
李煜	《书琵琶背》	卷八	
董思恭	《王昭君》	卷一九	
刘长卿	《王昭君》	卷一九	
李商隐	《王昭君》	卷一九	
李颀	《从军行》	卷一九	
王昌龄	《从军行》	卷一九	
王睿	《送神》	卷二一	
刘商	《胡笳十八拍》	卷二三	
崔颢	《渭城少年行》	卷二四	
白居易	《乐世》	卷二七	
白居易	《急乐世》	卷二七	
陈叔达	《听邻人琵琶》	卷三十	
李峤	《琵琶》	卷五九	
董思恭	《昭君怨》	卷六三	
阎朝隐	《奉和送金城公主适西藩应制》	卷六九	
阎朝隐	《明月歌》	卷六九	
乔知之	《倡女行》	卷八一	
刘希夷	《蜀城怀古》	卷八二	
李如璧	《明月》	卷一〇一	
李颀	《古塞下曲》	卷一三二	

续表

诗人	诗作	卷数	共计
李颀	《古意》	卷一三三	
刘长卿	《鄂渚听杜别驾弹胡琴》	卷一四八	
王翰	《凉州词》	卷一五六	
孟浩然	《凉州词》	卷一六〇	
李白	《夜别张五》	卷一七四	
岑参	《白雪歌送武判官归京》	卷一九九	
岑参	《凉州馆中与诸判官夜集》	卷一九九	
岑参	《酒泉太守席上醉后作》	卷一九九	
岑参	《田使君美人舞如莲花北鋋歌》	卷一九九	
杜甫	《咏怀古迹》	卷二二〇	
顾况	《刘禅奴弹琵琶歌》	卷二六五	
李益	《夜宴观石将军舞》	卷二八三	
李端	《荆门歌送兄赴夔州》	卷二八四	
王建	《赛神曲》	卷二九八	
王建	《太和公主和蕃》	卷三〇一	
王建	《华岳庙》	卷三〇一	
于鹄	《塞上曲》	卷三〇三	
羊士谔	《夜听琵琶》	卷三三二	
刘禹锡	《更衣曲》	卷三五六	
刘禹锡	《和杨师皋给事伤小姬英英》	卷三六〇	
刘禹锡	《曹刚》	卷三六五	

续表

诗人	诗作	卷数	共计
张籍	《祭退之》	卷三八三	
张籍	《和韦开州盛山·琵琶台》	卷三八六	
张籍	《宫词》	卷三八六	
张籍	《蛮中》	卷三八六	
李贺	《秦王饮酒》	卷三九〇	
李贺	《恼公》	卷三九一	
李贺	《冯小怜》	卷三九二	
李贺	《感春》	卷三九二	
元稹	《琵琶》	卷四一五	
元稹	《连昌宫词》	卷四一九	
元稹	《琵琶歌》	卷四二一	
白居易	《江南遇天宝乐叟》	卷四三五	
白居易	《琵琶引》	卷四三五	
白居易	《醉歌》	卷四三五	
白居易	《听李士良弹琵琶》	卷四三九	
白居易	《寄微之》	卷四四〇	
白居易	《春听琵琶，兼简长孙司户》	卷四四〇	
白居易	《琵琶》	卷四四二	
白居易	《九曰宴集，醉题郡楼，兼呈周、殷二判官》	卷四四四	
白居易	《和微之》	卷四四五	
白居易	《吴宫辞》	卷四四五	

续表

诗人	诗作	卷数	共计
白居易	《酬周协律》	卷四四六	
白居易	《赠杨使君》	卷四四六	
白居易	《听琵琶妓弹略略》	卷四四七	
白居易	《送春》	卷四四八	
白居易	《宿杜曲花下》	卷四四八	
白居易	《双鹦鹉》	卷四四九	
白居易	《听曹刚琵琶兼示重莲》	卷四四九	
白居易	《对酒》	卷四四九	
白居易	《和杨师皋伤小姬英英》	卷四四九	
白居易	《池边即事》	卷四四九	
白居易	《咏兴·小庭亦有月》	卷四五二	
白居易	《哭师皋》	卷四五三	
白居易	《杨柳枝词》	卷四五四	
白居易	《代琵琶弟子谢女师曹供奉寄新调弄谱》	卷四五五	
白居易	《寄献北都留守裴令公》	卷四五七	
刘言史	《王中丞宅夜观舞胡腾》	卷四六八	
韦处厚	《盛山·琵琶台》	卷四七九	
李绅	《悲善才》	卷四八〇	
杨虞卿	《过小妓英英墓》	卷四八四	
鲍溶	《暮春戏赠樊宗宪》	卷四八七	
陈去疾	《春宫曲》	卷四九〇	

续表

诗人	诗作	卷数	共计
施肩吾	《宿干越亭》	卷四九四	
崔涯	《杂嘲》	卷五〇五	
张祜	《观宋州于使君家乐琵琶》	卷五一〇	
张祜	《王家琵琶》	卷五一一	
张祜	《玉环琵琶》	卷五一一	
许浑	《听琵琶》	卷五三八	
李商隐	《定子》	卷五四一	
薛逢	《听曹刚弹琵琶》	卷五四八	
李宣古	《杜司空席上赋》	卷五五二	
裴諴	《新添声杨柳枝词》	卷五六三	
郑嵎	《津阳门诗》	卷五六七	
李群玉	《王内人琵琶引》	卷五六八	
李群玉	《赠琵琶妓》	卷五七〇	
李群玉	《索曲送酒》	卷五七〇	
温庭筠	《舞衣曲》	卷五七五	
温庭筠	《醉歌》	卷五七六	
皮日休	《春夕酒醒》	卷六一五	
李咸用	《昭君》	卷六四五	
方干	《赠美人》	卷六五一	
方干	《陪李郎中夜宴》	卷六五二	
罗隐	《干越亭》	卷六六五	

续表

诗人	诗作	卷数	共计
唐彦谦	《春日偶成》	卷六七一	
唐彦谦	《无题》	卷六七一	
韦庄	《饶州余干县琵琶洲有故韩宾客宣城裴尚书修行李侍郎旧居遗址犹存客有过之感旧因以和吟》	卷六九八	
赵光远	《咏手》	卷七二六	
周昙	《六朝门·简文帝》	卷七二九	
朱褒	《悼杨氏妓琴弦》	卷七三四	
和凝	《宫词》	卷七三五	
王仁裕	《荆南席上咏胡琴妓》	卷七三六	
徐铉	《月真歌》	卷七五二	
谭用之	《送僧中孚南归》	卷七六四	
牛殳	《琵琶行》	卷七七六	
无名氏	《琵琶》	卷七八五	
赵鸾鸾	《纤指》	卷八〇二	
鱼玄机	《光、威、裒姊妹三人少孤而始妍乃有是作精粹难俦虽谢家联雪何以加之有客自京师来者示予因次其韵》	卷八〇四	
寒山	《诗三百三》	卷八〇六	
刘景复	《梦为吴泰伯作胜儿歌》	卷八六八	
漳郡守	《梦康仙示游》	卷八六八	
程紫宵	《与释惠江互谑》	卷八七一	

续表

诗人	诗作	卷数	共计
语	《江陵语》	卷八七六	
韦庄	《菩萨蛮》	卷八九二	
韦庄	《谒金门》	卷八九二	
牛峤	《西溪子》	卷八九二	
赵嘏	《句》	全唐诗逸[日本]卷上	
白居易	《听琵琶劝殷协律酒》	全唐诗续拾卷二六	
义存	《劝人》	同上 卷四七	

《全唐诗》中涉及琵琶的诗作，反映出唐代琵琶的流行程度、琵琶乐器的形制、演奏手法的特点以及使用场合等问题，为我们以诗意的形式了解琵琶艺术提供了一条特别的路径。

14.1　唐代的曲项琵琶外形

曲项琵琶的形制是四弦四柱，梨形曲项，这在《全唐诗》中有清晰的反映。其中李煜《书琵琶背》《全唐诗》卷八比较富有代表性："侁自肩如削，难胜数缕绦。天香留凤尾，馀暖在檀槽。"从中可见曲项琵琶有着细长的琴颈，琴头呈凤尾状，琴身由檀槽构成。

唐朝的曲项琵琶由四弦构成，这一点同样有诗为证，其中白居易的相关诗句尤其多：“四弦一声如裂帛”“四弦不似琵琶声”“四弦千遍语”“四弦翻出是新声”等。此外，在其他诗人的作品中，也大量谈及了唐朝曲项琵琶的四弦构造：“四弦品柱声初绝”“历历四弦分”“禁曲新翻下玉都，四弦振触五音殊。”“四弦才罢醉蛮奴”“四弦轻拨语喃喃”“四弦拢撚三五声”。上述诗句都清晰地反映出唐代的曲项琵琶由四弦构成。

14.2 唐代的曲项琵琶用途

唐朝时，制作曲项琵琶，选材非常考究。从《全唐诗》中的记载来看，用来制作曲项琵琶的材料主要有四种：紫檀、桐木、金属和玉石。

1. 紫檀

紫檀是最为常见的制作曲项琵琶的材料，唐代常用整块紫檀木挖成槽形来做琵琶的琴身。在《全唐诗》中，很多时候用檀槽来指代琵琶。由此可见，在制作琵琶方面紫檀运用之广。如：“余暖在檀槽”、“黄金捍拨紫檀槽”“急语向檀槽”“金屑檀槽玉腕明”“紫槽红拨夜丁丁”“檀槽一抹广陵春”“琵琶声亮紫檀槽”“檀槽一曲黄钟羽”“金銮双立紫檀槽”“红妆齐抱紫檀槽”都表明唐朝的曲项琵琶大多是檀木或紫檀木制作而成的。

2. 桐木

由于桐木的木质共鸣性较好，我国现在的民族乐器大多均采用桐木制作。从《全唐诗》来看，唐代人已经发现了用桐木制作乐器的优势，通过陈叔达《听邻人琵琶》(《全唐诗》卷三十)：“本是龙门桐，因妍入汉宫。”可以看出，唐人在曲项琵琶的制作中，就选用了桐木。

3. 金属

从唐代的很多诗作中，可以看出有些曲项琵琶是以金属作为槽身的。比较有代表性的诗句有：李贺《秦王饮酒》《全唐诗》卷三九〇“金槽琵琶夜枨枨”；白居易《赠杨使君》《全唐诗》卷四四六“金屑琵琶费酒浆”；白居易《送春》《全唐诗》卷四四八“金屑琵琶为我弹”；白居易《寄献北都留守裴令公》《全唐诗》卷四五七“金屑琵琶槽”。可以看出，金属也被用作了琵琶的原材料。

4. 玉石

玉石的材质较硬，同时造价很高，所以一般不会用来制作乐器。但在唐诗当中，却提到了一种玉制琵琶。例如，陈去疾《春宫曲》《全唐诗》卷四九〇“抱里琵琶最承宠，君王敕赐玉檀槽”，便记述了一段君王赏赐玉琵琶的往事。

14.3　唐人怎样弹琵琶

1. 曲项琵琶的弹奏姿势

曲项琵琶的弹奏姿势主要有两种：马上弹和坐姿。关于这一点，在《全唐诗》中有非常形象的反映。

（1）马上弹：董思恭《王昭君》《全唐诗》卷一九“琵琶马上弹，行路曲中难”，李商隐所作的《王昭君》《全唐诗》卷一九亦说“马上琵琶行万里”，这两首诗都说明在唐代有在马上弹琵琶的习惯。而李峤的《琵琶》(《全唐诗》卷五九）更是明确指出“本是胡中乐，希君马上弹”，显示出曲项琵琶传自“胡中”，因西域人好骑马，所以经常在马上演奏。

（2）坐姿：王建《宫词》《全唐诗》卷三〇二“红蛮杆拨贴胸前，移坐当头近御筵”，生动地描写了曲项琵琶演奏者坐在距离皇帝较近的地方进行演奏的情景。由此可见，琵琶在唐朝时可以坐着弹奏。

2. 曲项琵琶的左右手技法

《全唐诗》中有许多描述曲项琵琶演奏的诗句，显示出曲项琵琶的左右手技法在当时已经趋于成熟。

（1）右手技法

我们知道，拨弹的使用并不是孤立的，它和乐器以及用弦、演奏姿势等都有着紧密的关系。例如：用右手持拨演奏，就只能采用横抱琵琶的姿势，而且手指适宜往外弹。在《全唐诗》中有很多诗句描写了用右手持拨演奏的情形，比如，王建《宫词》《全唐诗》卷三〇二王“红蛮杆拨贴胸前”；张籍《宫词》《全唐诗》卷三八六“黄金捍拨紫檀槽”；元稹《琵琶歌》《全唐诗》卷四二一“泪垂捍拨朱弦湿”；白居易的《琵琶》《全唐诗》卷四四二“弦清拨剌语铮铮”；

李绅《悲善才》《全唐诗》卷四八〇“衔花金凤当承拨”；张祜《王家琵琶》《全唐诗》卷五一一“画出风雷是拨声”；许浑《听琵琶》《全唐诗》卷五三八“紫槽红拨夜丁丁”；李群玉《王内人琵琶引》《全唐诗》卷五六八“细拨紫云金凤羽”；牛峤《西溪子》《全唐诗》卷八九二“捍拨双盘金凤”，尤其是白居易的《琵琶引》《全唐诗》卷四三五“曲终收拨当心画，四弦一声如裂帛”和“沉吟放拨插弦中”，更直观地显示出用拨弹来弥补女性力度较弱的缺陷，使“四弦一声如裂帛”。

《全唐诗》中所描写的右手技法，还包括“抹、挑”等弹挑型手法，“抹”是指食指向内勾弦的技巧，“挑”是指运用右手大拇指挑弦。比如，白居易《琵琶引》《全唐诗》卷四三五“轻拢慢捻抹复挑”和《听琵琶妓弹略略》《全唐诗》卷四四七“腕软拨头轻”；李绅《悲善才》《全唐诗》卷四八〇“转腕拢弦促挥抹”；刘景复《梦为吴泰伯作胜儿歌》《全唐诗》卷八六八“倒腕斜挑掣流电”。这些诗句都以文学化的语言描述了抹和挑等弹挑型技巧。

（2）左手技法

今天弹琵琶所使用的打音、带音、擞音等左手技巧，在《全唐诗》中也有所涉及。有不少诗句写到了弹奏者运用左手来完成“拢、捻”等弹奏动作。比较富有代表性的有元稹《琵琶歌》《全唐诗》卷四二一“六幺散序多笼撚”；白居易《琵琶引》《全唐诗》卷四三五“轻拢慢捻抹复挑”；李绅《悲善才》《全唐诗》卷四八〇“转腕拢弦促挥抹”；

李群玉《赠琵琶妓》《全唐诗》卷五七〇“烦君玉指轻拢撚”；刘景复《梦为吴泰伯作胜儿歌》《全唐诗》卷八六八“四弦拢撚三五声”，都生动地描写了运用“拢、捻”等弹奏技巧进行演奏的情景。

14.4 唐朝的流行琵琶曲

唐朝时歌舞音乐异常繁荣，而当时的音乐很多以琵琶为主奏乐器，因而在当时琵琶一度成为人们热捧的乐器，以至于有“琵琶多于饭甑，措大多于鲫鱼”的诗句。琵琶比煮饭的饭甑、江里的鲫鱼都要多，可见琵琶在唐朝的运用之广、之多。随着琵琶的流行，许多富有艺术魅力的琵琶音乐作品也应运而生。其中很多都来自当时的歌舞大曲，如《乐世》《薄媚》《霓裳羽衣曲》《凉州》等。

1.《乐世》

是唐代有名的大曲之一，又名《绿腰》《录要》《六幺》等。从白居易《杨柳枝词》(《全唐诗》卷四五四)“《六幺》水调家家唱”来看，此曲流行很广，而且可以作为歌曲来演唱。同时综合王建《宫词》(《全唐诗》卷三〇二)：“琵琶先抹《六么》头”和元稹《琵琶歌》(《全唐诗》卷四二一)：“《六幺》散序多笼撚”，以及白居易《琵琶引》(《全唐诗》卷四三五)：“初为霓裳后《六幺》”来看，与《六幺》同名的琵琶独奏曲在唐朝时已经形成了。而通过《乐府杂录》所载的康段二人比试琵琶的故事来看，康昆仑所弹的就是羽调

《绿腰》，而段善本又将其翻成枫香调进行弹奏。说明《乐世》一曲在唐代不仅可以独奏，而且可以转调演奏。

2.《薄媚》

也是唐朝非常有名的大曲。刘禹锡在《曹刚》(《全唐诗》卷三六五）一诗中说:“一听曹刚弹《薄媚》，人生不合出京城。”可见《薄媚》一曲具有何等的艺术魅力。

3.《霓裳羽衣曲》

唐朝最著名的歌舞大曲，无疑要首推《霓裳羽衣曲》。相传此曲是唐玄宗所做，其中融入了印度的《婆罗门》音乐素材。元稹《琵琶歌》(《全唐诗》卷四二一）中说“《霓裳羽衣》偏宛转”，可见“霓裳羽衣”有着清婉的曲风。白居易在《琵琶引》(《全唐诗》卷四三五）中讲述“琵琶女”：“初为《霓裳》后六幺”，可见《霓裳羽衣曲》是可以作为琵琶独奏曲来演奏的，但它更多的时候是以合奏的形式来进行的，曲式结构包含了散序、中序、曲破，规模宏大，是唐代燕乐大曲的最高演奏形式。不过遗憾的是，《霓裳羽衣曲》在玄宗之后不久就不能表演整曲了，唐文宗在唐朝后期曾命制舞，反映出应该是曲在舞失了，及至宋初更是完全失传了，目前仅存一阕。

4.《凉州》

也是一首唐代的著名大曲。据《全唐诗》卷二七《凉州》中所说，是西凉都督郭知运在开元时所进。《全唐诗》中有不少诗作都涉及《凉州》：卷五一一张祜《玉环琵琶》“只愁拍尽《凉州》破”；卷八六八刘景复《梦为吴泰伯作胜儿歌》"今朝闻奏《凉州》曲"。元稹在《琵琶歌》(《全唐诗》卷四二一）和《连昌宫词》(《全唐诗》卷四一九）中更是描述了此曲的风格，"《凉州》大遍最豪嘈""逡巡大遍《凉州》彻"，可见《凉州》曲之豪放。

14.5 唐朝的琵琶名家

唐朝的琵琶演奏技艺已经相当成熟，孕育了一大批技艺精湛的琵琶演奏家。《全唐诗》中便描述了很多演奏家的风采，非常值得我们关注。

1. 贺怀智

贺怀智是唐开元年间的琵琶名手，《全唐诗》卷四二一元稹《琵琶歌》中说"玄宗偏许贺怀智"，可见其深受玄宗喜爱。他常为玄宗和杨贵妃演奏琵琶，并且经常演奏压轴曲目，元稹《连昌宫词》(《全唐诗》卷四一九）对此有明确记载："夜半月高弦索鸣，贺老琵琶定场屋"，其演奏技艺一定非常高超。

2. 曹善才

曹善才是唐德宗时期的琵琶演奏家。白居易在其描写琵琶的诗篇《琵琶引》中提及善才，"送客湓浦口，闻船中夜弹琵琶者。听其音，铮铮然有京都声。问其人，本长安倡女，尝学琵琶于穆、曹二善才"可见曹善才弟子当时分布甚广。诗人李绅后来曾专门写《悲善才》(《全唐诗》卷四八零）一诗纪念善才，他在该诗的序中说："余守郡日，有客游者，善弹琵琶。问其所传，乃善才所授。顷在内庭日，承恩顾，赐宴曲江，敕善才等二十人备乐。自余经播迁，善才已没，因追感前事，为悲善才。”诗中大力赞赏了曹善才的琵琶演奏技艺。

3. 段善本

元稹《琵琶歌》《全唐诗》卷四二一中对段善本有专门的描述：“玄宗偏许贺怀智，段师此艺还相匹。自后流传指拨衰，昆仑善才徒尔为。澒声少得似雷吼，缠弦不敢弹羊皮。”显示出段善本的琵琶演奏技艺与贺怀智相当，在唐代已开始授徒了。《乐府杂录》中记载着一段段善本与康昆仑比赛琵琶演奏的故事：段善本与康昆仑比赛琵琶技艺，赛后康昆仑想拜段善本为师，段善本没有答应，后来唐德宗令其教授康昆仑，段善本要求康昆仑忘掉之前学的弹奏方法，十年不得弹琵琶，然后才教其弹奏技法，康昆仑依法行事，后来真的在琵琶上有了很深的造诣。由此可见段善本演奏琵琶的技艺一定不同凡响。由于其技艺精湛，所以从者甚众。

4. 李管儿

元稹在《琵琶歌》(《全唐诗》卷四二一）中记述了李管儿演奏琵琶的水平，“段师弟子数十人，李家管儿称上足”，可见李管儿在段善本的数十弟子中表现出众。元稹与李管儿是好友，经常听李管儿演奏琵琶曲：“尽日听弹《无限》曲。曲名《无限》知者鲜，《霓裳羽衣》偏宛转。《凉州大遍》最豪嘈，《六幺》散序多笼撚。……因兹弹作《雨霖铃》，风雨萧条鬼神泣。”诗中所记述的曲目众多，而且风格各异。

5. 康昆仑

康昆仑当时被誉为琵琶“第一手”，曾在与段善本的琵琶比赛中弹奏《新翻羽调绿腰》，白居易《乐世》序中对此有详细记载：“贞元中乐工进曲，德宗令录出要者，因以为名。后语讹为绿腰，软舞曲也。康昆仑尝于琵琶弹一曲，即新翻羽调绿腰。”败给段善本，于是虚心求教，拜段善本为师，终成为一代琵琶名家。

6. 曹刚

曹刚是琵琶名家曹善才之子，曹氏琵琶技艺精湛，世代相传，传至曹刚更是声名显赫。《全唐诗》卷四四九收录着白居易的一首《听曹刚琵琶兼示重莲》，其中特意描写了曹刚的琵琶演奏技艺：“拨拨弦弦意不同，胡啼番语两玲珑。谁能截得曹刚手，插向重莲衣袖中。”卷三六五当中还有一首名为《曹刚》的诗，由著名诗人刘禹锡所作，其中讲道“一听曹刚弹薄媚，人生不合出京城”，对其极尽赞美之情。而薛逢则盛赞曹刚“不知天上弹多少，金凤衔花尾半无”，可见曹刚琵琶弹奏之玄妙。

7. 其他琵琶名家

唐朝除宫廷演奏家之外，还有不少身处民间的琵琶名手，其中有很多都是佼佼者。比如铁山，元稹《琵琶歌》《全唐诗》卷四二一针对铁山的弹奏水平进行了说明：“继之无乃在铁山，铁山已近曹穆间。”并且对其专业前景进行了详尽的描述：“性灵甚好功犹浅，急处未得臻幽闲。努力铁山勤学取，莫遣后来无所祖。”指出铁山的琵琶技艺勤加练习后可达臻境。很多琵琶弹奏者的名字也都在《全唐诗》中有所反映，比较富有代表性的有李贺《冯小怜》《全唐诗》卷三九二中所记述的冯小怜；顾况《刘禅奴弹琵琶歌》《全唐诗》卷二六五“琵琶写出关山道”的刘禅奴；刘禹锡《和杨师皋给事伤小姬英英》《全唐诗》卷三六〇中“撚弦花下呈新曲”的英英；白居易《江南遇天宝乐叟》《全唐诗》卷四三五中“能弹琵琶和法曲”的天宝乐叟；白居易《听李士良琵琶》《全唐诗》卷四三九“声似胡儿弹舌语”的李士良；白居易《听曹刚琵琶兼示重莲》《全唐诗》卷四四九“谁能截得曹刚手，插向重莲衣袖中”中的重莲。还有一些是无名之人，比如李颀《古意》《全唐诗》卷一三三中所描述的“辽东小妇”:“辽东小妇年十五，惯弹琵琶解歌舞。今为羌笛出塞声，使我三军泪如雨。”显示其不仅在琵琶演奏方面有着很高的造诣，而且歌舞和羌笛演奏也很高超。在众多民间琵琶演奏家中，最为著名的无疑是白居易《琵琶引》《全唐诗》卷四三五所描写的“琵琶女”，其中写道“大弦嘈嘈如急雨，小弦切切如私语。嘈嘈切切错杂弹，大珠小珠落玉盘”，其弹奏技法之精湛，跃然纸上。

14.6　唐人弹琵琶的场合

自从曲项琵琶传入中原，就备受中原人民的喜爱，它的适用范围极广，通过《全唐诗》来看，琵琶涉及人们生活的各个方面，唐朝的许多场合都会用到琵琶。

1. 宴饮聚会

琵琶在各种宴饮聚会活动中使用的频率很高，这一点在不少诗作中都有所反映。不少诗作中都描述了在宴饮活动当中演奏琵琶的情形。其中富有代表性的有两首：岑参的《酒泉太守席上醉后作》(《全唐诗》卷一九九）和李益的《夜宴观石将军舞》(《全唐诗》卷二八三)，前者写道“琵琶长笛曲相和，羌儿胡雏齐唱歌”，后者写道“微月东南上戍楼，琵琶起舞锦缠头”，都生动地表现了琵琶伴舞助兴的宴饮景象。

2. 祭祀活动

琵琶在唐朝的祭祀活动中也扮演着非常重要的角色，王睿在《送神》《全唐诗》卷二一诗中写道：“枨枨山响答琵琶，酒湿青莎肉饲鸦。”王建《赛神曲》《全唐诗》卷二九八“男抱琵琶女作舞”，描绘了赛神活动中男子弹琵琶为女子伴舞的情景。张籍《蛮中》《全唐诗》卷三八六“玉镮穿耳谁家女，自抱琵琶迎海神”，显示出在沿海地区的祭海神活动中也有琵琶出现，可见琵琶不仅被中原人民所喜爱，同时也被沿海人民所欢迎。

3. 寺庙活动

唐代有很多人信奉佛教，不仅僧侣参加寺庙活动，很多庶民百姓也都参与佛事，佛教在民间形成了广泛的影响。而在很多的寺庙活动中，都可以看到琵琶的身影。王建《华岳庙》《全唐诗》卷三〇一“女巫遮客买神盘，争取琵琶庙里弹”，真切地反映了在庙中弹琵琶的情形。

4. 占卜活动

李贺《恼公》《全唐书》卷三九一“跳脱看年命，琵琶道吉凶”，显示出琵琶作为占卜吉凶的法器来使用。唐代出现了占卜吉凶的专门著作《星占书》，可见当时占卜之术的盛行，而在一系列的占卜活动中，琵琶往往会扮演法器的角色。

综上所述，《全唐诗》中关于琵琶艺术的经典诗篇，涉及琵琶形制、演奏技艺、琵琶曲目、应用场合等多个方面，蕴含着诗人豪迈、哀怨、怀旧等情感，在很大程度上体现了唐代文人的音乐美学观念，为我们了解唐代音乐和唐代乐器提供了极富诗意的珍贵史料。

第 15 章　以宋词为媒管窥宋代的社会体育状况

体育活动的发展演进，受到多种社会文化因素的制约，每一历史时期的体育状况，往往是当时社会诸因素集成的产物。宋代市民阶层空前扩大，为休闲体育的发展和体育组织的构建创造了条件，使得这一时期的社会体育呈现出蓬勃发展的局面。在宋代，群众体育活动丰富多彩，风筝、竞渡、秋千、象棋、围棋等都已成为广大市民喜闻乐见的体育活动，很多文人也都参与其中，在宋朝格外宽松的政治环境下，文人们用写词的方式记录了许多所见所闻或亲身参与的体育活动，使得宋词形成了大量与体育相关的作品。其中有不少作品以非常形象的描写呈现了当时的市民体育活动，为我们今天了解宋代的社会体育提供了重要的形象化资料，我们至少可以从中了解如下一些状况。

15.1　休闲体育品类多

宋代人非常讲究生活的情致，参与体育活动成为他们提高生活品质的重要手段。闲暇时刻，他们总爱参与一些休闲体育活动，锻炼身体，颐养性情。其中常见的休闲体育活动有如下几种。

1. 蹴鞠

蹴鞠又名“蹴球”“蹋鞠”“蹴圆”“筑球”“踢圆”等，“蹴”意指用脚踢，“鞠”是一种皮制的球，“蹴鞠”就是用脚踢球，它起源于春秋战国，是一项有着悠久历史的运动项目，有白打、直接或间接对抗三种形式。蹴鞠在宋代得到了极大的发展和提高，得到了统治阶级和广大市民的广泛喜爱。宋代的不少皇帝本身就是蹴鞠迷，其中以宋徽宗赵佶最为典型。在他当政期间，常常对自己喜欢的蹴鞠高手予以提拔，甚而出现了高俅因蹴鞠而坐上相位的故事。在民间，很多市民也非常喜欢蹴鞠，《东京梦华录》中便有许多关于年轻人踢球的记载，故宫博物院中收藏的宋代陶枕上还画着民间少女踢球的景象，从中可见蹴鞠在宋代民间流行的盛况。

满庭芳

【宋】无名氏

十二香皮，裁成圆锦，莫非年少堪收。绿杨深处，恣意乐追游。低拂花梢慢下，侵云汉，月满当秋。堪观处，偷头十字拐，舞袖拂银钩。肩尖，并拐搭，五陵公子，恣意忘忧。几回沈醉，低筑傍高楼。 虽不遇文章高贵，分左右、曾对王侯。君知否，闲中第一，占断是风流。

宋词中有着不少对于蹴鞠的描写，其中有些还涉及“鞠”的制作以及“鞠”的踢法等细节，为我们今天研究蹴鞠提供了非常重要的资料。比如作品以诗意的手法描绘了“鞠”的制作工艺:“十二香皮”“裁成圆锦”，具体指出“鞠”的外皮片数为 12 片。就“鞠”的制作来看，通常外皮数量越多球就会越圆。考古研究的结果表明，汉朝时的“鞠”仅有 2 片外壳，及至唐代外壳发展为 8 片，宋代则又有了跨越式的发展，变为 12 片或 16 片。从 2 片演化为多片，表面上表现为片数的增加，而实质上它反映出的是一个通过使用形状各异的分片，促使“鞠”趋向圆形的过程，而圆形的“鞠”则更有利于扩展蹴鞠运动的空间，同时也更有利于开展大型的蹴鞠赛事。在宋代，“鞠”的片数急剧增加，显示出宋人的智慧和“鞠”的制作工艺在宋代的突飞猛进。同时，这首词中还提到了“鞠”的一些具体踢法——“十字拐、拂银钩、并拐搭”，可见蹴鞠的脚法在宋代已经日臻成熟，人们已经熟练地掌握了踢球的多种技法；而在另一首词中，对于踢球的方法则写得更加细致。

满庭芳

【宋】无名氏

若论风流，无过圆社，拐臁蹬蹑搭齐全。门庭富贵，曾到御帘前。 灌口二郎为首，赵皇上，下脚流传。人都道，齐云一社，三锦独争先。 花前，并月下，全身绣带，偷侧双肩。更高而不远，一搭打秋千。球落处，圆光臁拐，双佩剑，侧蹑相连。高人处，翻身佶料，天下总呼圆。

词中归纳总结的各种踢法——“拐臁蹬蹑搭齐全”，这样的踢球技术已经接近现代足球，从中可见蹴鞠运动在宋代的发展水平之高。

2. 风筝

风筝，又名纸鸢、纸鹞、鹞子、风琴等，源于中国，距今已有2 000多年的历史。在宋代放风筝被看作是一种老幼皆宜、有益身心的娱乐性体育活动，医生更是将它当作是一种治疗手段，宋人李石在《续博物志》中就有明确记载："引丝而上，令小儿张口仰望，可泄内热。"可见当时的人们已经深刻地认识到放风筝对健康的益处；再加之制作风筝的手工艺者大量出现和宋代商品经济的繁荣发展，使得风筝的制作和购买变得日益方便，为风筝运动的市民化提供了重要的条件。

南宋词人刘辰翁在《水龙吟》中写道"是处风筝，满城昼锦，儿郎俊伟"，描绘了"满城昼锦"，到处都在放风筝的景象，可见当时市民对于风筝的喜爱。此外，宋代的文人墨客经常借风筝来抒发感情，有力地丰富和充实了风筝的文化内涵，以下的几首词便比较富有代表性：

秋蕊香·用清真韵

【宋】王从叔

薄薄罗衣乍暖，红入酒痕潮面。絮花舞倦带娇眼。昨夜平堤水浅。

故人信断风筝线。误归燕。梦魂不怕山路远。无奈棋声隔院。

临江仙·未遇行藏谁肯信

【宋】侯蒙

未遇行藏谁肯信，如今方表名踪。无端良匠画形容。当风轻借力，一举入高空。才得吹嘘身渐稳，只疑远赴蟾宫。雨余时候夕阳红。几人平地上，看我碧霄中。

念奴娇

【宋】吕渭老

暮云收尽，霁霞明、高拥一轮寒玉。帘影横斜房户静，小立啼红蔌寂。素鲤频传，蕉心微展，双蕊明红烛。开门疑是，故人敲撼窗竹。长记那里西楼，小寒窗静，尽掩风筝鸣屋。泪眼灯光情未尽，尽觉语长更促。短短霞杯，温温罗帊，妙语书裙幅。五湖何日，小舟同泛春绿。

这些词表面上是在描写风筝，实质上是以风筝来隐喻前程，希望自己也能够像风筝一般盘旋而上。因为这类词的创作与发展，使得放风筝这样一种体育活动有了越来越丰厚的文化内核，逐步形成了丰富隽永的中国风筝文化艺术。

3. 垂钓

垂钓自古有之，姜太公钓鱼的传说就折射出这类活动的悠久历史。它历经千年而不衰，深受历代民众的喜爱。垂钓起初是古代先民的一种谋生手段，是一种原始的生产方式。随着生活水平的提高，它逐渐从单纯的生产活动演变成为一种有益身心、充满趣味的体育活动。及至宋代，无论宫廷还是民间，都盛行钓鱼。由于垂钓运动量不大，同时又颇具闲适情怀，所以它几乎成了宋代文人雅士的共同爱好，以至于在宋代，形成了很多描写垂钓情景的词作。其中亦不乏名家名作。

望海潮

【宋】柳永

东南形胜，三吴都会，钱塘自古繁华。烟柳画桥，风帘翠幕，参差十万人家。云树绕堤沙。怒涛卷霜雪，天堑无涯。市列珠玑，户盈罗绮，竞豪奢。

重湖叠巘清嘉。有三秋桂子，十里荷花。羌管弄晴，菱歌泛夜，嬉嬉钓叟莲娃。千骑拥高牙。乘醉听萧鼓，吟赏烟霞。异日图将好景，归去凤池夸。

一落索·识破浮生虚妄

【宋】陆游

识破浮生虚妄。从人讥谤。此身恰似弄潮儿，曾过了，千重浪。

且喜归来无恙。一壶春酿。雨蓑烟笠傍渔矶，应不是，封侯相。

望江南·西源好

【宋】张继先

西源好，幽径不成斜。山谷隐连无改色，池塘空静默无瑕。

仙舫小，人欲盼君家。归棹日回如览镜，放船星落似乘槎。风雨乱寒沙。

这些词有的抒发垂钓的闲适心情、有的寄托词人的“出尘”思想、有的描写垂钓收获后的喜悦之情，从中可以看到垂钓这一体育运动形式在宋代的盛行状况。显示出当时的人们已经认识到了垂钓调养身心的功能，领略到了垂钓当中的大益。

4. 击壤

击壤是一种有着 4 000 多年历史的投掷运动形式。晋皇甫谧《艺文类聚》记载：“壤夫者，尧时人也。帝尧之世，天下太和，百姓无事。壤夫年八十余而击壤于道中，观者曰：‘大哉！帝之德也。’。”可见，击壤早在尧时便已出现。关于击壤的起源主要有两种说法：一种认为击壤是源于农民感恩敬畏土地的民俗活动，蕴含着古代先民对土地神的膜拜之情。另一种观点主张击壤的产生可能与狩猎相关，是远古时代，人类为了提升投掷水平而发明的一种锻炼形式，目的是为了提高木棒掷击野兽的准确率。汉人邯郸淳在《艺经》当中专门讲述了“壤”的材质和游戏方法：“壤”由木头制作而成，其形状像履（鞋子），前宽后窄，长一尺有余，宽三寸左右；具体玩法是将一“壤”放在地上，向后退三四十步，手中持一“壤”，用手中的“壤”投掷地上的“壤”，击中者为胜。这样的一种运动形式因器具简单、玩法有趣而长期流传于民间，并演化为多种形式。至今在中国北方，儿童们还不时会玩一种俗称为“砸砖头”的游戏——地上放一块砖，手里拿一块砖，站在远处，通过投掷击倒地上的砖。这种游戏形式应该就是击壤传承与演变的结果。

宋词对于击壤有着不少生动的描述，其中下面的这首《贺新郎》便极具代表性。

贺新郎

【宋】刘克庄

谪下神清洞。更遭他、揶揄黠鬼，路旁遮送。薄命书生鸡肋尔，却笑尊拳忒重。破故纸、谁教翻弄。一枕茅檐春睡美，便周公、大圣何须梦。门前客，任题凤。卜邻羊仲并求仲。愿春来、西畴雨足，土膏犁动。白发巡官占岁稔，不问京房翼奉。榛与瓮、从今无用。醉与老农同击壤，莫随人、投献嘉禾颂。在陋巷，胜华栋。

喝醉了与老农一起击壤，其乐融融，表现出一种乡间娱乐的情趣。从中也可看出击壤这一运动形式在民间的流行与普及。

击壤这种运动形式，从它产生之日起，就带有浓烈的民俗色彩。及至宋代，民间仍然流传着许多与击壤有关的民俗活动，这些活动很多都被文人以诗词的形式记录了下来，比如吕胜己《木兰花慢》:“闻说丰年景致，老农击壤呜呜。”王之望《小重山》:“长歌里，击壤咏陶唐。”无名氏《导引》:“尧郊击壤迎归辂，解雨遍遐荒。”这些词都写到了农民借助击壤这样一种体育游戏，来庆祝丰收的场景。显示出民间尤其是乡间对于击壤这一运动形式的喜爱。

15.2 节假日运动

我们今天所熟知的一些传统节日，如清明、端午、重阳节等，在宋代已经发展成熟。宋人对于这类节日都非常看重，通常都会在节日当天或临近节假日的时候，组织开展丰富多彩的活动，而这类活动有相当一部分都是以体育活动为主体的。

1. 清明寒食踏青

清明与寒食节，两个节日时间非常接近，因而形成了难分彼此的习俗活动。宋代的都市化程度较高，市民已经形成了留恋春光、喜欢郊野的习惯。清明、寒食节期间，市民更是喜欢结伴郊游，由此强化了清明寒食踏青游春的节俗。

宋词中有不少描写踏青郊游的词，反映出踏青郊游多在清明寒食节前后进行。比较典型的如秦观的《江城子》："清明天气醉游郎、莺儿狂、燕儿狂。翠盖红缨，道上往来忙。"描绘了清明时节，众人道上往来，纷纷出游的热闹景象。再如张元干的《春光好》："寒食近，踏青时。……"记述了寒食踏青的习俗；仲殊在《诉衷情》当中更是细致地描绘了寒食清明期间，人们结伴同游、郊外踏青的景象："涌金门外小瀛洲。寒食更风流。红船满湖歌吹，花外有高楼。晴日暖，淡烟浮。恣嬉游。三千粉黛，十二阑干，一片云头。"

郊游这样的一种运动形式，能够让人们更多地亲近自然，暂时远离市井生活，让身心都得到休息与调养。而寒食、清明结伴郊游的传统，又让它平添了一份融洽亲友关系，促进情感交流的社会功能。

2. 端午节赛龙舟

我国南方多有端午节赛龙舟的习俗，通常认为赛龙舟是为了纪念爱国诗人屈原而兴起的：战国末期，贤臣屈原含恨投汨罗江自尽，江畔的楚国人民闻讯，纷纷划船赶来营救。他们奋勇争先，一直追到岳阳洞庭湖。后来为了纪念屈原，后人逐渐演化形成了一个传统：每逢屈原投江这一天，民众就举行赛龙舟的活动，以表达对屈原的纪念与追思。随着时间的推移，赛龙舟逐步演变为一种水上体育娱乐项目，一般都是在节日举行，采用多人集体划桨竞赛的形式。

从宋词的记述来看，宋代赛龙舟的活动比较多见，只要天时地利允许，很多地方都可能组织赛龙舟的活动。但是最为常见的还是初夏端午的龙舟竞渡。

贺新郎

【宋】刘镇

翠葆摇新竹。正榴花，枝头叶底，斗红争绿。谁在纱窗停针线，闲理竹西旧曲。又还是，兰汤新浴。手弄合欢双彩索，笑偎人，福寿低相祝。金凤髀，艾花矗。

龙舟噀水飞相逐。记当年，怀沙旧恨，至今遗俗。雨过平芜浮天阔，画鹢凌波尽蔟。沸十里，笙歌声续。好是蟾钩随归棹，任欢呼，船重成颓玉。犹未忍，罩银烛。

从中可以看出，赛龙舟是在初夏刚入暑时举行，其时榴花斗红争绿，龙舟“水飞相逐”，场面甚是热闹。

宋词不仅局限于对赛龙舟场面的描写，有不少作品还涉及对于龙舟竞渡的起源和功用的探究，对于我们了解和研究赛龙舟的历史能够提供有益的借鉴和思考。

念奴娇

【宋】张榘

楚湘旧俗，记包黍沉流，缅怀忠节。谁挽汨罗千丈雪，一洗些魂离别。赢得儿童，红丝缠臂，佳话年年说。龙舟争渡，搴旗捶鼓骄劣。谁念词客风流，菖蒲桃柳，忆闺门铺设。嚼徵含商陶雅兴，争似年时娱悦。青杏园林，一樽煮酒，当为浇凄切。南薰应解，把君愁袂吹裂。

水调歌·次方时父癸卯五月四日

【宋】赵以夫

竞渡楚乡事，夸胜锦缠头。湖光渌净，转胜雪浪舞潜虬。刚道琉璃宝苑，移作水晶珠阙，鳌顶出中流。一钓惊天地，能动此心不。活千年，封万户，等虚舟。渺然身世，烟水浩荡一沙鸥。听得长淮风景，唤起离骚往恨，杜若满汀洲。相对老榕下，五月已先秋。

上述词作中都提到赛龙舟是在楚地产生的，开展这项活动的目的是纪念屈原，这为我们了解赛龙舟的起源提供了一定的线索。此外，从词作中也可以看出赛龙舟作为一种传统的体育竞赛项目，在宋代已经成为群众体育的一部分，形成了广泛的社会影响。

3. 重阳登高

爬山作为一种古老的运动形式，早在原始社会时期就已经存在，甚而可以说，当人类尚未“成人”时，就已经在山间活动了。随着人类社会文明的发展，爬山逐步由一种动物本能式的活动演化为一种富有健康意义和文化意味的运动方式。爬山这样的一种活动开始与文化结缘，其典型表现就是与传统节日结缘。在中国民间很早就有重阳节登高的习俗，因而重阳节又被称为“登高节”，人们往往会借这个节日，登高望远。而在宋代，以文人为代表的士大夫阶层，也通过重阳节所建构的情感世界创作了很多好词，在这些词中，有相当一部分涉及登高。其中以下几首，就颇具代表性。

应天长·残蝉渐绝

【宋】柳永

残蝉渐绝。傍碧砌修梧，败叶微脱。风露凄清，正是登高时节。东篱霜乍结。淀金蕊，嫩香堪折。聚宴处，落帽风流，未饶前哲。

把酒与君说。恁好景佳辰，怎忍虚设。休效牛山，空对江天凝咽。尘劳无暂歇。遇良会，剩偷欢悦。歌声阕。杯兴方浓，莫便中辍。

感皇恩·生日示妹

【宋】程大昌

身寿又康强，谢天将并。耳目聪明行步壮。登高挥翰，不用瞠眉扶杖。华堂偕老处，儿孙王。

只恨萍蓬，他乡浮荡。回首故山便惆怅。今年生日，忽似还家模样。当缘风絮韫，来赓唱。

点绛唇·浊酒黄花

【宋】黄庭坚

浊酒黄花，画檐十日无秋燕。梦中相见。起作南柯观。镜里朱颜，又减年时半。江山远。登高人健。应问西来雁。

这些词都以生动可感的笔触描写了重阳节登高望远的习俗，同时对于登高这样的一种运动形式所具有的健身功能也进行了体认，意识到登高时，要么三五朋友成群，要么携家眷同游，登高的活动既能加深彼此的情谊，同时又能有效地锻炼身体。

15.3 体育活动有组织

宋代商品经济空前发展，市井生活变得非常丰富。受其影响，市民大众的体育活动也开始变得丰富多彩，不少体育活动都带有娱乐色彩。这些体育活动的开展，调节了市民生活，有力地影响了宋代民众的精神风貌。值得注意的是，这些活动很多时候，都是在特定的场合和平台上进行的，带有鲜明的组织策划色彩。同时，为了提高运动水平，宋代还首次出现了名类繁多的体育社团，这些社团为运动能力的提升和体育活动的社会化发挥了重要作用，有力地推动了宋代体育事业的发展。

1. 勾栏中的体育表演

随着商品经济的繁荣，宋代城市中出现了被称为“勾栏”的演出场所，这是一种综合性的大众娱乐设施，类似于现代的大剧院或体育场。在这里，经常会有各种类型的演出，其中不乏体育表演。据马端临的《文献通考卷一四七》记载：“宋朝杂乐百戏，有藏挟、龊剑、踏球、踏蹻、蹴球、杂旋、弄枪瓦瓶、寻橦、踏索、拗腰、筋斗、透剑门、女伎、百戏之类。”，从中可以看出宋代的体育娱乐活动非常丰富。北宋词人李之仪在《朝中措》中写道：“翰林豪放绝勾栏。风月敢雕残，一旦荆溪仙子，笔头唤聚时间。锦袍如在，云山顿改，宛似当年。应笑溧阳衰尉鲇鱼依旧悬竿。”对勾栏中的武术表演做了生动描绘。

勾栏是商品经济发展到一定阶段的产物。勾栏的兴起，让大型的体育表演成为可能。从这一历史现象我们也可以看出，经济的发展确实对体育事业有着相当的影响和制约作用，体育运动和体育表演形式的繁荣需要以经济发展为基础。

2. 首次出现的体育组织

纵观中国社团的发展史，我们发现宋代处在一个继往开来的重要阶段，有宋一朝出现了很多名类繁多、功能各异的社团，其中不乏与体育相关的社团组织，最有代表性的就是武艺表演组织，如擅长弓、弩的“弓箭社”“踏弩社”“锦标社”等，长于打拳使棒的“英略社”，组织蹴鞠运动的“圆社”和“齐云社”等。宋词当中有部分作品都涉及这类体育社团组织，如《满庭芳》中“人都道，齐云一社，三锦独争先”，对圆社和齐云社大加赞美，从中可见当时类似齐云社这样的体育组织有着相当的社会影响力。

宋词当中的有些作品，还专门介绍了这些体育社团成立的目的。其中以下面的这首《鹧鸪天》最具代表性。

鹧鸪天

【宋】无名氏

轩辕起置号齐云。社祖西川妙道君。□□亲自裁成就，万古流传作玩珍。江湖客，听原因。今朝出狱见其真。来到圣前必撞案，诚将实艺向前呈。

作者在这首词中特意说明了组织社团的目的是提高球技，以便在皇帝面前献艺，希望能借此谋得一官半职。而下面的这首词则显得更加超脱，显示出参与社团活动就是为了享受运动的乐趣。

鹧鸪天

【宋】无名氏

抛却功名弃却诗。从教身染气球泥。侵晨打？齐云会，际暮演筹落魄归。园苑里，粉墙西。佳人偷揭绣帘窥。高侵云汉垂肩久，低拂花梢下脚迟。

作品中的主人公以打球为乐，“抛却功名弃却诗”，显示出一种逍遥的运动精神。宋词中所记述的这些情况，显示出在宋代体育组织已经比较完善，它们在体育精神的传承、运动水平的提高及体育人士社会地位的提升等方面都在发挥着积极的作用。

通过研读记述体育活动的宋词，我们发现宋代市民大众的体育活动内容非常丰富，而且为数不少的运动项目都与节日或民俗相关，如端午节的龙舟竞渡、清明寒食节的踏青郊游、丰收后的击壤活动等；同时随着宋代商品经济的发展，体育表演的条件已日趋成熟，城市中出现了专门供大型表演所使用的勾栏，很多体育社团也在宋代应运而生，为体育事业的发展创造了良好的条件。总体来看，宋代承袭了唐代体育繁荣发展的脚步，并且在城市扩容和商品经济相对发达的条件下，有力地推动了社会体育运动的发展。

第 16 章　文学经典与文化产业园建设

众所周知，在文化产业园的建设、发展过程中，文化创意与资源发挥着至关重要的内在支撑作用，且在各个国家中，文化产业园赖以发展的资源都不尽相同。广受全球观众追捧的哥本哈根安徒生童话城（丹麦）、宝莱坞（印度）及好莱坞影视城、迪斯尼乐园（美国）等，依托独特的品牌优势，创造了不可估量的经济和社会效益，并逐渐摸索出一条经济、社会效益良性循环的发展道路。在拥有悠久文明史的中国，以传统文学经典资源为代表的传统文化资源丰富多样，为文化产业的发展夯实了先天基础。近年来，我国研究人员基于对文学经典类文化产业的研究指出，网络游戏改编、网络文学改编、儿童动漫改编、影视改编、文化产业园建设等，将为传统文学经典未来的发展提供多元化路径。目前，以传统文学经典为支撑的文化产业园已在我国如雨后春笋般涌现。

长期以来，对于“文学经典”一词的定义，学界始终未能给出统一答案。在《文心雕龙·宗经》篇中，刘勰指出，“经”指的是阐明天、地、人间普遍规律的书籍，“经”即绝对、恒久的道理，不容置疑的伟大教导。由此可知，承载“经”的各种典籍，即“经典”。各类承载文学“至道”“鸿论”的作品、典籍，即所谓文学经典。随着时代的发展，“经典”的含义被赋予了现代色彩，对于这一概念，《现代汉语词典》做出了如下诠释：①广泛意义上，指的是各宗教根本性的、用于教义宣传的著作；②权威的传统著作。从文学视角看，“经典”指的是具有权威性的著作，其英文译词为“classic”，该词有两种词性：①名词，指的是古典作品、一流著作、杰出的作家、名著等；②形容词，意为典型的、传统的、杰出的等。现阶段，学者们普遍认为，作为一种精神存在，“经典”具有恒久性，它是天才大脑创造性创作的产物，可在时间的反复检验中，将异质性的世界呈现在人们面前；从特征上看，“经典”的表现一般有以下三点：①接受上可经受不同时代受众的解读；②艺术上生命力更长久；③内容上更能经受时间的考验。

社会的进步、时代的演变，加之各种新技术的问世与应用，使传统文学经典得以焕发新的生机。被誉为“后工业之父”的丹尼·贝尔曾公开指出，相对于印刷文化，“视觉文化”更能诠释当代文化的内蕴。进入媒体时代、消费时代后，传媒、文化领域迎来了前所未有的变革，传统的书面、口头传播方式失去了原有的生存空间，为满足受众的快餐式消费习惯，网络游戏、动漫、影视改编等新型传播方式被推上历史舞台。视像的出现，使美学的现实指向和现实生活间的基本关系发生了巨变，并形成了新的模式：一方面，审美不再局限于精神层面，而是以视觉形象的形式向现实生活渗入；另一方面，心灵体悟的美感、精神层面的内部理想转移为身体直观的享受、视觉层面的外部现实。作为现代读者走近传统文学经典的一种理想方式，建立在传统文学经典基础上的文化产业园的面世，满足了时代提出的新要求，是当前视觉化倾向的必然产物。

16.1 文学经典转化为文化产业园的常规形式

对现实文化、文化产品间的结合点进行探寻，是整合文化资源的重要基础，唯有确定这一结合点，才能找到将文化资源导入文化产业的切入点。在中国文化产业园的建设过程中，传统文学经典一般以影视城、人物原型纪念馆、作者故居纪念馆或博物馆等形式进行渗透。

（1）影视城。推动影视城发展的因素有多种，其中最为常见的有当地独特的历史文化资源、影视创作需要等。中国首个影视拍摄基地坐落在无锡，成立于 1987 年，20 世纪 ,80 年代末，央视 87 版《西游记》的风靡，为无锡影视基地首个人文景观——“西游记艺术宫”的建造提供了灵感，该艺术宫的建造初衷为保存《西游记》拍摄相关设备、服饰、道具等，但开放参观后吸引了大量游客的到来，创造了可观的经济收益，央视由此先后建造了水浒城等多个主题艺术宫，无锡影视基地的规模不断扩大，效益也随之日益提高，迅速发展为国内知名的旅游景点、影视城。

此后，国内多个城市和地区启动了影视城建设工作，有力地推动了当地经济及国内影视业的发展。20 世纪 90 年代，改革开放的浪潮带来了各种新奇事物，吸引着人们的眼球，加之追星族的推动，影视基地、影视城迎来了发展的春天，有研究表明，这一时期影视城的收益呈稳步增长态势。除为影视作品提供拍摄场地外，这些影视城还面向游客提供各种演艺节目，其中以横店影视城最具代表性。在成立初期，接拍电影、电视剧使横店影视城聚集了众多明星，吸引了众多追星族前来游览。但随着追星热的逐渐冷却，横店影视城的产业链构建开始越来越重视内容生产，同时，中国传统文化也开始成为其节目的主要“素材库”。

（2）人物原型纪念馆。艺术和生活具有不可分割的联系，透过虚构的作品中的人物形象，不难看到现实生活的痕迹，这使得人们对作品人物及其现实原型产生了浓厚的兴趣。因此，一些地方政府通过对当地山水人文建筑、文化资源的整合，进行小说人物原型纪念馆、主题公园的开发、建造，以促进当地经济的发展。例如，连云港斥资 40 亿元，利用当地的《西游记》文化资源实现了孙悟空主题公园的建造；北京为 87 版《红楼梦》的拍摄，专门建造了大观园……目前这些景点均已成为备受游客喜爱的旅游胜地。西门庆纪念馆是当下热度较高的人物原型纪念馆，在安徽省、山东省都设有体验区：为推动当地“名人原型”旅游业的发展，安徽黄山市斥资 2 000 万元，进行“西门庆故里”的开发；为打造个性化“西门庆旅游项目”，山东省临清县在武大郎炊饼铺、王婆茶馆的重建上进行了大量投入；山东省阳谷县整合《金瓶梅》《水浒传》文化资源进行旅游区建设，再现了西门庆、潘金莲约会的场景。

（3）作者故居纪念馆或博物馆。随着经典文学作品的流传，其作者也会广为人知，所以，后人可通过开发经典文学作品创作者的故居，建设供读者游览参观的博物馆、纪念馆。游客之所以走进这些景点，并非为了寻求古典园林、皇家贵族园林的巧夺天工、富贵恢宏，而是为了寻求与作者的精神碰撞，并从中获得美感体验。尽管作者已经不能和游客出现在同一时空，但这并不妨碍二者间的心灵对话，正如朱光潜所说，只有适当地拉开现实生活和美之间的距离，才能看到事物本真的美。我国传统文学经典四大名著的作者，都有故居纪念馆，其中，作为明代的文学巨匠，《西游记》作者吴承恩的故居坐落于淮安楚州区的河下古镇，他就是在那里创作了《西游记》；而目前接受度最高的《红楼梦》作者曹雪芹的故居位于北京香山，虽然真伪难以考证，但也因曹雪芹和《红楼梦》的影响力受到了广大游客的关注。

16.2　运用好文学经典的审美意蕴

在与文学言语系统接触时，读者通过联想、想象自脑海中提取的在生活中感知的具体图景，即所谓文学形象。《荀子》是中国首部引用“形象”一词的典籍，其《非相》篇指出，如果一个人行为处事的方法正确，且思想与之相匹配，那么即便他外在形相不美观但心地善良、思想高洁、处事公正，他也能成为君子。此处“形相”即为形象，现实生活中，人们也常将人的外貌、行为举止等称为“形象”。古典名著《西游记》之所以被数代读者奉为经典，与其塑造的多个鲜明人物形象不无关系：执着、目标明确的唐僧，疾恶如仇、神通广大、桀骜的孙悟空，好吃懒做却憨厚善良的猪八戒，尽职尽责、踏实本分的沙僧……无一不给人们留下了深刻的印象。近年来涌现的多样化文化产业呈现方式，如作者故居、主题公园、影视作品、连环画等，都是这部经典巨作拥有广泛群众基础的佐证。87 版电视连续剧《西游记》中扮演孙悟空的六小龄童，就曾为弘扬西游文化数次发出建造主题公园的呼声；《西游记》的故乡——连云港基于对国内实际情况的把握，正积极筹划孙悟空主题公园的建设，力图打造一个足以与迪士尼主题公园媲美的本土文化产业园。

注重“形象”，在形象上加大投入，是基于文学经典的本土文化产业园最突出的特色，其中以《红楼梦》最具代表性。作为我国古典小说达到巅峰的重要标志，《红楼梦》的命运并非一帆风顺，甚至曾一度被列为禁书，而随着禁制的解除，其鲜活的人物形象、恢宏的叙事结构、高超的行文技巧，以及这一鸿篇巨制所承载的高度艺术性、思想性，使无数读者为之折服，也衍生了戏曲、电影等多个改编版本。央视 87 版《红楼梦》是公认的对原著还原度最高的改编，其拍摄基地——北京大观园也在这部电视剧大火后，成为国内知名的旅游胜地。作为一座极具特色的仿古园林，大观园建造于1984年，建造初衷是为《红楼梦》拍摄提供场地，经多次扩建，现已发展为一座文化名园，徜徉其中，宛如置身《红楼梦》中的大观园。在研究人员看来，这座文化名园创造性地融合了传统造园艺术、古典建筑、红楼学术等元素，这种新模式使园林建设、影视置景相得益彰。无论是细节点缀、植物景观还是山形水系、园林建筑，大观园都力图最大限度地再现原著，尤其是稻香村、秋爽斋、蘅芜院、潇湘馆、怡红院等景点，因重现了李纨、探春、宝钗、林黛玉、贾宝玉等人物的起居场所，受到了广大游客的喜爱。此外，大观园文化庙会的传统项目——“元妃省亲”，以古装巡游的方式，将清代的民俗风貌和《红楼梦》描写的盛大场景呈现在观众面前。“凄美”是形容林黛玉最贴切的词语，飘零的身世、环境的巨变、性格的缺陷，造成了她的“凄”；“美”既包括内在之美，也包括外形之美，内在的美指的是她冰清玉洁的精神世界和反抗封建世俗观念的意识，外形的美则有目共睹，贾府的实际掌权者王熙凤见她第一眼，就发出了“天下竟有这样标致的人物”的感叹，贾宝玉认为她“娴静似娇花照水，心动如弱柳扶风”，是“神仙似的妹妹”。翻阅我国传统经典不难发现，曹雪芹对林黛玉悲剧形象的成功塑造，使经典形象变得更加充实，在中国文学史上留下了可圈可点的一笔。北京大观园也体现了“潇湘妃子”的凄美：在建造潇湘馆时，以斑竹来呈现书房建筑的外观，这契合了林黛玉多愁善感的性格和“还泪”的一生，同时，馆内还有黛玉的雕塑，透过栩栩如生的造型，可以看到《红楼梦》里林妹妹“似蹙非蹙笼烟眉，似喜非喜含情目”的神韵。

曹雪芹出生于南京，红楼文化也由此发轫，《红楼梦》体现了当地语言、民俗、景点、历史、人文等方面的特点。作为南京的知名景点，红楼艺文苑是一座纪念性建筑，在这座充满江南风韵和红楼文化的园林中，可以看到《红楼梦》前八十回中意境最深远的章节的缩影。红楼艺文苑基于当地天然的自然景观，根据《红楼梦》中的经典场景，如宝黛同读《西厢记》、宝玉梦游太虚境等，巧妙运用仿古建筑、雕塑、植被、黄石、太湖石等要素，建造了香草园、红楼艺文馆、栊翠分花、芦雪联吟、太虚幻境等12个引人遐思的意境单元。

丰满、生动的人物形象，是文学经典的“制胜法宝”，我国传统文学经典也塑造了神机妙算诸葛亮、神通广大孙悟空、多情公子贾宝玉、粗中有细鲁智深等经典人物形象，有些人物虽然着墨不多，却也十分鲜活，使人印象深刻。例如，《红楼梦》中一笔带过的宁国府老家奴——焦大，曹雪芹并未用太多笔墨描写这个人物，但透过他零碎的谩骂，读者可以看到光鲜辉煌的贾府糜烂、灰暗的一面。建设文化产业园时，对文学经典作品所刻画人物形象进行深度剖析，探寻作品的意蕴和内容，使文化产业设计的形象与读者理解的人物形象合二为一，是产业园获得强大生命力、取得成功的重要条件。

16.3 运用好文学经典的历史内容

文学作品对特定历史时期的某种社会现象及其内在规律、意义所做的解读、暗示，即其历史意蕴。文学作品的存在，离不开与其相关的社会历史背景，在特定时代中生活的作者，无论其主观意识如何、文学观如何，其审美情趣、情感体验、思想层次等，都会不可避免地受到当时社会环境的影响，其作品也会在一定程度上折射出时代的冰山一角。以《西游记》为例，这部著作以大胆而又奇特的想象，创造了一个超脱于现实世界的神魔世界：在凌霄宝殿欢歌笑语的各路神仙，可随意变幻形貌的孙悟空，一心想吃唐僧肉以求长生不老的各色妖怪……但作者的想象始终围绕当时的时代背景展开，诸如现代社会常见的各种高科技产品、用具等，并未出现在作品中。事实上，在创作时，四大名著的作者都是以真实的历史环境为幕布，进行人物形象的塑造和故事情节的铺陈，并随着故事的推进，循序渐进地完成人物性格的呈现，所以读者可以在这些经典著作中找到历史的影子。中国传统文学经典产业园依托四大名著等传统文化经典而建设，蕴含着大量历史民俗和时代风貌，在文学经典文化产业中融入了传统民俗，走出了不一样的发展道路。

《水浒传》描写的梁山好汉的故事，给读者们带来了强烈的思想冲击，其实历史上确实发生过宋江起义的事件，《宋史》对此进行了详细记录：北宋晚期，当权者宋徽宗昏庸，听信奸臣之言，致使百姓的生计十分艰难。山东爆发了大规模的农民起义，其中声势最为浩大的是宋江带领下的梁山好汉，这一百〇八好汉势如破竹，受到了百姓的拥戴，给统治阶级带来了严重威胁。《水浒传》就是在这一事件的基础上，经过艺术加工创作而成，作者借宋江等好汉之口，唱响了一曲“替天行道”的悲歌。尽管这群代表着底层农民反抗意识、“成瓮吃酒，大块吃肉”的梁山英雄，最后未能摆脱被朝廷招安的命运，起义也未能摆脱失败的结局，但好汉们的忠义勇敢、故事的起伏跌宕，都给读者留下了难以磨灭的印象。山东省基于《水浒传》的故事情节和人物形象，充分挖掘当地特有的水浒故里民俗风情、历史沉淀，打造了水泊梁山、东平水浒两大影视城，以精美绝伦的仿宋建筑及多种多样的水浒演义节目，如审武松、宋江迎宾等，将游客引入千年前梁山好汉快意恩仇、劫富济贫的场景。

《西游记》虽然被放置在神魔世界的背景之上，但玄奘取经的故事却并非虚构：公元629年，玄奘怀揣着探求佛家真义、弘扬佛法的理想，游历上百个国家，跋山涉水前往天竺取经，并最终取得了成功，这一过程整整耗时17年。在当时的时代背景下，玄奘此举可谓“壮举”，其中艰险不言而喻，这给人们留下了巨大的想象空间。《西游记》以夸张、大胆的想象，构筑了一个凡人、神仙、妖魔共存的奇幻世界，在这个世界中，有无所不能、可自由变幻形体的神魔，也有上天入地、翻云覆雨的奇遇，还有仙气缭绕的仙境、远离尘世的佛地、富丽堂皇的龙宫……尽管如此，《西游记》的创作也是在当时的社会现实、历史背景下进行的，字里行间很容易看到不容逾越的封建等级制度的烙印。此外,《西游记》也呈现了处于鼎盛时期的唐朝的开放自信和雍容气度。目前，作为我国知名度最高的西游文化嘉年华，淮安西游记博物馆运用多媒体互动等新型技术及展示手法，以 4D 影院、神游幻境、西游地图、奇人奇书等八大模块来呈现宝贵的西游文化，被认为是西游文化的集大成者，也是对西游文化展示最完整、最全面的主题馆。兼具文化性、大众性、娱乐性的玄奘取经故事仿真沙盘，是该博物馆中最引人入胜的景点，占地达 200 平方米以上，设有 45 个根据史料和《西游记》文本考据得出的故事点，可以音频、图文、视频相结合的方式，向游客展示玄奘西游的故事情景。

素有我国历史演义小说鼻祖美誉的《三国演义》，以东汉末到西晋初为时代背景，是我国首部章回体历史小说。正如《三国志演义序》(李渔)所言,《三国演义》的“演义”是根据历史展开的，故书中不乏真实的历史影像，而且在事件、地名、人名等方面,《三国演义》和《三国志》并无太大区别。在《丙辰札记》中，清代学者章学诚以“七分事实，三分虚构”来评价《三国演义》，这一观点得到了人们的普遍认可。该书共设置了汉、魏、蜀、吴、晋五条线，围绕五国的兴衰存亡展开叙事，在五条线的交错、融合中，徐徐展开一幅恢宏壮阔、记载着近百年历史时光的画卷。纵观整个世界的文学史，鲜少有像《三国演义》那样大篇幅描写战争的著作，而且值得一提的是，书中规模大、次数多、时间长的战争，大多是历史上真实发生过的，而非完全是作者的凭空想象。博物院、影视基地是基于《三国演义》的文化产业园的主要实现形式，其中以许昌三国园博园、无锡影视基地最为典型，前者以关羽文化为侧重点对三国文化进行开发，通过面塑技艺还原书中的人物形象，并建造碑林展示三国文化的精髓；后者以电视剧《三国演义》的剧情设计为依据，完成了数十处大型景点如点将台、七星坛、甘露寺、吴王宫等的建设，这些拥有鲜明汉代风格和影视文化气息的经典，既是景区文化底蕴的重要表现形式，又是民族传统文化最具说服力的载体。

尽管《红楼梦》的作者曹雪芹并未在作品中明确透露故事发生的时代背景，但读者可以从作品的细节、语言等的描写中，窥见封建社会文化、政治、经济等各个方面的情况。《红楼梦》的叙事围绕荣国府的生活展开，分明、暗两条线同时进行，在记录大观园日常琐事及宝黛钗三人的爱情悲剧的同时，展现了贾、王、史、薛四大家族自盛而衰的过程。曹雪芹用一支入木三分的笔，对封建社会的落后之处如奴隶制度、婚姻制度、科举制度等进行了批判，无情地揭露了社会的黑暗面，预示了封建统治阶层必将没落甚至灭亡的结局。曹雪芹出生在一个有权有势的封建贵族家庭，有着锦衣玉食的少年时光，但在皇权斗争中，他沦落到“举家食粥”的境地。生活环境的巨变，使曹雪芹的精神世界也发生了颠覆，他深深地感受到了世事的无常和人情的冷暖，并呕心沥血创作了千古奇书《红楼梦》。前文提及的南京红楼艺文苑、北京大观园等基于《红楼梦》的文化产业园之所以能够达到较高的艺术水平，与其对《红楼梦》的历史内容及诞生的时代背景进行的深度挖掘不无关系。

在运用文学经典的历史内容时，文学经典文化产业园应将时代背景作为关注重点，切忌枉顾历史真相，一味寻求文化产业的发展，应尽可能地按照作品的描写和史实，进行语言、服饰、建筑等的呈现。例如，西门庆和武松在历史上是不共戴天的仇人，但为了抢占更多资源，以发展文化旅游事业、创造经济利益，有些地方竟先后投资建造二者的故乡，甚至将负面人物西门庆贴上了“历史名人”的标签，这种无视作品、扭曲历史、挑战道德的做法，极易引起人们的抵触情绪，必然会给文化产业园的发展造成负面影响。

作为一种新型文化产业园，文学经典文化产业园问世尚不足 30 年，仍处于摸索中建设的阶段。文学经典是非功利性的，文化产业园却具有明显的功利性，正因如此，二者的结合过程很难排除一些不和谐状况的出现，可能会互相排斥，也可能会互相损害，更有甚者会陷入文学经典美感丧失或文化产业园无法正常运作，难以实现预期社会、经济效益的困境。但我们有理由相信，在经历过磨合期的阵痛后，传统文学经典文化产业园终将找到最适合的发展路径，我们应该做的，是以宽容、开放的态度，给予这一新兴事物充分的自我调整、自我发展空间，帮助、引导其完成良性循环发展机制的建设。

综上所述，在建设传统文学经典文化产业园时，应有机结合受众的情感诉求与作品的审美内涵，不仅要真实地再现文学经典塑造的人物形象，还要有效地制衡“人性的精神需要”和“技术的物质奇迹”，唯其如此，才能从理论和实践两方面夯实文化产业园的发展基础。

第17章 《智取威虎山3D》对经典样板戏的通变

由徐克执导的3D版《智取威虎山》自公映以来，表现异常强劲：先是以首日票房超过同档期其他电影总和的绝对优势拿下2014平安夜票房冠军，接着又在首周末强势突破3亿票房大关。截至2015年1月13日，该片票房已经超出8亿元人民币。在央视新闻微博调查“2014观众最满意华语片”中，又顺利夺冠，观众评价“今年年末，终于出了一部能够代表华语电影水准的作品”。

《智取威虎山》对于中国观众而言，几乎是一部家喻户晓的经典，这部作品改编自曲波的小说《林海雪原》。事实上，当前正在热映的《智取威虎山》已经是《林海雪原》的第三次被改编，前两次改编分别是在1960年和1970年。在20世纪60年代，《智取威虎山》不仅仅是大众耳熟能详的经典剧目，更是当时风靡一时的文化符号。

试图改编这样一部众所周知的经典，压力无疑是非常巨大的，稍有不足，就可能会被公众大力吐槽。怎样用新的电影手法，拍出新意，讲好这个人所共知的故事，是个不小的挑战。在重拍这部经典时，徐克不可避免地要面临继承与创新的问题。一味继承，势必缺乏新意，为新时代所不容；盲目创新，则势必会毁损经典意味，使影片变得难有依托。如何在继承与创新之间找到一个平衡点，这是必然要思考和处理好的问题。“变则其久，通则不乏”，善于革新才能持久，善于继承才不贫乏。

17.1 一脉相承讲故事——《智取威虎山3D》的传承戏

《智取威虎山 3D》对经典的继承显而易见：故事情节承袭的还是当年的那个剿匪故事，人物角色也与经典大体相同，演绎的还是当初的那些人那些事儿。这样的一种故事讲述方式，让很多观众尤其是经历过样板戏的观众倍感亲切。它在很大程度上营造了一种重温经典的氛围，甚而满足了部分观众“回归从前”的愿望。这样的一种一脉相承的故事叙述方式，迎合了不少观众对经典的关注与喜好。

在影片的很多细节上，徐克也在努力表达着对京剧“样板戏”《智取威虎山》的敬意：片头片尾都出现了京剧画面，影片中备受关注的台词，比如“天王盖地虎”“宝塔镇河妖”等也都来源于当年的样板戏。很大程度上，正是对于这些经典台词的承袭，使得这部影片形成了让人期待的高潮。不少观众表示，看这部电影就是想去听一下“宝塔镇河妖”之类的经典台词。另外，在场景美术、演员表演乃至角色化妆上（如杨子荣浓厚的“眼影”），影片都烙有鲜明的京剧戏曲美学印记。这些源自戏曲美学的艺术特点与影片的整体调性融为一体，从而使影片形成了极富个性的“中国电影美学”特色。很多时候我们都在质询中国电影的特色在哪里，《智取威虎山 3D》的成功，或许给出了一个答案——中国电影的特色就在经典当中。

“参伍因革，通变之数也”，在沿袭当中又有所改变，这才是继承与革新的方法。徐克“凭情以会通，负气以适变”，凭借自己的情感继承前人，依据自己的气质适应革新。在继承原有版本的基础上，有力地结合了自己的特长与才情，对经典进行了多处改造与创新。这些创新一方面显示着创意的力量，另一方面也折射出时代的变迁。其中人物角色的设置和 3D 技术背景下的动作戏就颇具代表性。

17.2　青莲情丝清如许——《智取威虎山 3D》的感情戏

青莲是《智取威虎山 3D》中唯一一个被“翻新”的角色，她源于原作当中的“蝴蝶迷”一角，但其在新剧中的戏份显然比原作要多出很多，而且角色性质也发生了很大变化。这一角色的出现，让这部火药味儿十足的影片多了几分脂粉气，让一部原本阳刚味十足的影片多了几分女人味儿，有效迎合了现代观众对于情感戏的关注。

青莲命运多舛：她的丈夫被土匪杀害，孩子在战乱中失散，自己又被座山雕掳上山，被迫成了“大哥的女人”。

不幸的经历让她的内心世界变得异常复杂、百味杂陈，她对毁灭了她幸福生活的这帮土匪充满了恨意，于是经常在土匪窝中制造祸端，成了威虎山上的“红颜祸水”。更为重要的是，青莲一角的出现，让《智取威虎山》这部剿匪戏增加了情感戏份：座山雕对青莲变态的情感，青莲对杨子荣模糊的依赖，土匪老四对青莲的畸形暗恋，都让《智取威虎山》这部影片有了些许感情戏的成分。这应该是导演为了迎合现代观众的口味特意设计改编的结果。

事实上，在《智取威虎山 3D》中，类似这样的情感线索不止一条——“小白鸽”白茹对首长 203 的暗恋也在片中若隐若现地存在着，最为典型的一组镜头就是白茹让小栓子给 203 送粥的情节，在这一组镜头中，小白鸽的羞涩便暗含情愫。在《智取威虎山 3D》中，所有的感情戏都是以一种清淡的、若隐若现的形式出现的。这些情感并不炽烈，看起来完全符合当时的时代背景与人物心理，但是却恰到好处地满足了现代观众的欣赏需求。这样的安排和设计显示了徐克作为一个商业导演所具有的精明与智慧。

17.3 少年英雄为谁设——《智取威虎山 3D》中的孩子戏

《智取威虎山 3D》试图成为一部沟通三代人情感的大片，它不仅想赢得希望重温经典的老一代人的青睐，同时试图得到当代年轻人和青少年的喜爱。影片在播放之后，得到了老、中、青三代人的共同赞赏，这样的现实也有力地证明了当初这种设想的成功。而要达成让青少年喜爱的目的，需要设计一个跟当代青少年年龄相仿的角色，以便于满足青少年向往英雄的愿望——当他们关注这一角色时，仿佛能看到自己的曲折成长和卓越表现。而小栓子这样的一个人物形象无疑能够很好地满足这样的需求。

在以往的《智取威虎山》版本中，其实并没有小栓子这一角色。小说《林海雪原》当中虽然写到了很多猎户打猎和帮助解放军小分队剿匪的情节，但是也从未提及小栓子这样一个孩子。而在徐克的《智取威虎山》中，小栓子却成了一个非常重要的角色，他在剧中的成长历经波折，从对解放军的质疑到积极勇敢地参加战斗，形成了非常精彩的剧情表现，让不少观众领略了少年英雄的风采。而从影片的结构上来看，小栓子又承担着人物群像描绘，连接双线叙述的职责:《智取威虎山》采用的是双线式结构，一条线是今天的青少年，一条线是历史故事。影片双线叙述的任务就是由小栓子来衔接完成的。当然，小栓子这一角色的添加，更多的是为了满足青少年观众的观赏需求。这一角色的存在，很容易让青少年产生情感共鸣。而从青少年对于该片的喜爱程度来看，影片的这一设计，无疑是比较成功的。

17.4 惊心动魄为哪般——《智取威虎山3D》的动作戏

徐克是一个长于拍动作片的导演，在《智取威虎山 3D》中，他也把这一特长发挥得淋漓尽致。徐克借助武侠片的方式包装了《智取威虎山》这样一个经典的红色故事，片中的很多场景都极富武侠意味，如杨子荣骑马踏雪进山，疾驰远去的镜头，让人不自觉地想到武侠片中的英雄赴难，杨子荣在座山雕帐下的机智应对，解放军在夹皮沟痛击土匪，又会让人联想到《七武士》和《新龙门客栈》等武侠片当中的刀光剑影。

而 3D 技术的运用，又为徐克发挥他的动作想象提供了得天独厚的条件。在《智取威虎山 3D》中，有很多精彩的动作戏，因为有 3D 技术做支撑，使得场面更加逼真，带给观众身临其境的感受。枪林弹雨在眼前呈现，让观众实实在在地领略了一番“让子弹飞”的乐趣。如果没有 3D 技术，很多动作和打斗场面恐怕很难做到如此真切过瘾。

在“智取威虎山”这场经典战役中，“杨子荣打虎上山”可谓经典中的经典，无论是小说还是当初的戏曲，都把这一段演绎得动人心魄——前者靠文字描写，后者靠舞台唱词，但是真正能够以画面形式真切展示打虎一幕，3D 版则是头一遭。在徐克的设计中，“打虎上山”一节是全戏的重中之重，他希望借助过去所没有的 3D 技术，把借助于人们口耳相传的传说演变为荧幕现实。他认为“这场戏一旦以 3D 效果呈现，发挥空间是空前的”。为了前所未有地呈现“打虎上山”，制作方不惜重金“量身定做”了一只野生东北虎，并从韩国聘请专业团队来完成特效制作。这场戏打得险象环生，很多人都被其中的惊险场景所震慑。“打虎上山”史无前例的精彩表现，得益于徐克的超凡想象与导演才华，但更多地应该得益于新时代电影拍摄技术的进步——如果没有 3D 技术，再好的想象力恐怕也难以做到如此生动的呈现。

但是在《智取威虎山 3D》中，有些动作戏似乎也有滥用 3D 技术之嫌。在影片的结尾部分，编导以极富创意的方式让杨子荣击毙了座山雕：杨子荣躺着冲出来，将先行开枪的座山雕从背后击毙。观众看到这里，不禁拍案叫绝：杨子荣真聪明，亏他想得出！影片演到这里，其实故事已经接近尾声，完全可以见好就收了。但是在这之后却又硬性添加了一个情节：“我听爷爷说当年威虎山是有飞机跑道的，如果让我展开想象，当年杨子荣救我太奶奶的时候，有可能是这样的。”随后，一场飞机打斗的惊险片段开始上演。这一情节的设置，据说是源于导演徐克的想象。而最终添加这段情节的原因，应该与影片的 3D 背景相关：编导非常希望借助现代的 3D 技术，在影片的结尾再带给观众一场惊险刺激的视觉盛宴。但笔者觉得这一情节的添加或多或少有狗尾续貂的感觉，在一定程度上破坏了故事情节的严整性和故事内容的严肃性。让原本深沉的电影主调有了过多的戏谑和娱乐意味。笔者很能理解编导试图赋予观众一场 3D 盛宴的良苦用心，但其实就情节和画面设计来看，飞机打斗的这一部分并没有体现出太大的新颖性：类似的情节在很多影片中都有相似表现。所以这段飞机救人的情节很难给予观众新奇感，与之影响影片深沉氛围的消极效果相比，难免有画蛇添足之嫌。编导试图让观众充分娱乐的用心是可嘉的，但有时候我们是否可以考虑一下：为什么不能深沉地娱乐一把呢？影片如果没有生硬添加飞机救人的这段戏，或许能够赋予观众更多的回味和品读的空间。

王国维在《人间词话》中写道“一代有一代之文学”，一代亦应有一代之戏剧。时代在变，观众在变，电影作为一种反映时代精神，需要观众捧场的综合艺术，势必也要与时俱进，顺势而变，经典应该也不例外。唯有如此，经典才能在已经发生变化的电影市场中，找到自己的位置与发展空间。《智取威虎山 3D》对经典的继承和改编无疑为经典作品的再创造提供了一个成功的范例。“今日痛饮庆功酒，壮志未酬誓不休。来日方长显身手，甘洒热血写春秋。”我们期盼有更多的经典剧目能够被成功改编，期盼中国电影能够更上一层楼。

第 18 章 年关又有“熊出没”，从知音的角度解析动画片的贺岁情结

由熊大、熊二、光头强主演的《熊出没之雪岭熊风》在寒假第一天上映了！“挖掘机技术哪家强？熊大熊二光头强！”片方希望“熊出没”能为全国的小朋友、大朋友们挖掘许许多多的快乐、挖掘满满的惊喜。动画片贺岁，在这几年早已不是新鲜事儿，从当初的喜羊羊、灰太狼到如今的熊大、熊二、光头强，显示着动画片贺岁的坚韧与顽强。电影是需要知音、需要捧场的艺术，驱动着动画片连年贺岁的原动力无疑是观众的支持。“知音其难哉。音实难知，知实难逢，逢其知音，千载其一乎。”从古到今，艺术作品找到知音都不是件容易事，但是在动画贺岁的世界里，知音似乎并不难寻。每年年关的动画片往往都会得到观众的响应与共鸣。2014 年的年关，《熊出没之夺宝熊兵》便取得 2.5 亿高票房并打破国产票房纪录。究竟是什么样的原因使得前来贺岁的动画片连年报捷，又是什么原因催生着动画乐此不疲的贺岁情结？

18.1 大众化的动漫情结

现代人都长不大，确切地讲是不愿意长大。现实生活已经够累了，很多人都希望能够在内心深处或心灵的某一个角落，保留一个童真的“萌萌哒”的自我。渴望在繁重的工作学习之余，找到一个卖萌或买萌的地方。而要满足这样的需求，在电影院看动画片则不失为一个不错的选择。平时特别忙，年关或许有时间。利用有限的假期，好好给自己的心情放个假吧，重温一下童年的感觉，哈哈，看动画片去。这可能是不少成年观众的内心独白。而制作方往往会很好地迎合观众的这种心理，把动画片做得老少皆宜，有力地抓住成年观众这一群体，在大众化的动漫情结影响下，让他们走入影厅，去开开心心地萌一把。以《熊出没之雪岭熊风》为例，它在内容上延续了以往温情关爱、惊险刺激、幽默搞笑、浪漫唯美的特点，同时精心打造了一系列萌翻人的角色，除了观众所熟知的熊大、熊二、光头强有超萌戏份之外，还特别制作了一个新萌物——雪熊。胖乎乎的“雪熊”通体雪白，头上有一对绚丽的紫色犄角，整体造型萌到爆，完全有望成为萌物圈最火爆的新晋“小鲜肉”。制片方还特意邀请“薯条爸爸”曹格与可爱萌娃 Grace、Joe 担任《熊出没之雪岭熊风》的代言人，目的指向十分明确，就是要提高影片的“萌值”。总之，动画片贺岁，就是要萌给你看。这应该是全民动漫化的背景下，制片方抓住观众心理的精明之举，它能够有效迎合不少观众渴望到童话世界里走一遭的愿望。

18.2　大众化的品牌情结

在一个品牌化消费的时代，消费者显然更容易青睐名牌，对动画片的消费也不例外。他们喜欢去观看那些有知名度的影片，喜欢去观赏那些熟悉的动漫人物为他们展示新奇的内容。从近几年的动画贺岁片来看，年关上映的往往是一些有相当影响力的动画片。无论是先前的喜羊羊、灰太狼，还是今天的熊出没，莫不如此。对于中国观众而言，《熊出没》无疑是个名牌动画：很多电视台长年滚动播出它的系列动画片，玩具店里又充斥着很多以熊大、熊二、光头强为造型的玩具，使得熊大、熊二、光头强早已成为家喻户晓的明星。而《熊出没之雪岭熊风》的制作方又非常巧妙地打出穿越牌，让大家一睹熊大、熊二和光头强的童年，这几乎无异于让观众一起窥探名人的过去，无疑能引发很多人的好奇心。在追求名牌和关注明星的消费心理下，很多人会愿意为年关之际的名牌动画片买单。对于不少人而言，在这个时间，他们既有时间，更有消费名牌的愿望。

18.3　全民化的爱子情结

孩子在中国人的情感世界中，占据着非常重要的位置。对于很多家庭而言，孩子是家庭情感的聚焦对象。中国人有个共识——再苦不能苦孩子。无论生活的状况如何，他们在孩子身上是格外舍得花钱的。而动画片的主要受众就是孩子，对于很多孩子而言，动画片就是他们的最爱。在闲暇时光，看一部好看的动画片，是一件非常幸福的事。年关正值孩子们的假期，陪着放假的孩子看场动画电影，在很多家庭看来，是一种不错的亲子活动。也正是基于这样的考虑，《熊出没之雪岭熊风》制片方打出了“寒假第一天，快乐齐分享”的广告，将影片选在寒假的第一天首映，这应该也是充分了解中国观众的精心安排。

18.4　全民化的过年情结

“有钱没钱，回家过年”，中国人把年看得很重，不管平时的日子如何，年是一定要过好的。辛劳一年，新年来临之际，总要犒劳一下自己，而借助观看动漫的方式让自己重温一下童年，则不失为一种浪漫的选择。“缀文者情动而辞发，观文者披文以入情”，动漫的制作方带着一份童心制作了充满童趣的作品，欣赏者则试图通过影视作品找到儿时的童趣。在寻找童趣这一点上，制片方与观众是有共鸣的。基于怀着一颗童心过好年的愿望，使得很多人愿意去欣赏年关的动画片，因为在他们看来，对影片的欣赏不仅局限于动画本身，同时更寄寓着他们的童心与童真。年关之际欣赏欢乐动画片的过程，或许能让他们找到小时候的年味儿。

“简简单单地，开心真的非常容易。这是大自然和你的小秘密。你要乖乖地，手牵着手跟我努力。”贺岁动画片的制作和欣赏，其实是一个制作方与观众共同努力，挖掘童真和快乐的过程，是一个知音共赏的过程。正是很多大众化、全民化的情结成就了中国动画片的贺岁情结。“操千曲而后晓声，观千剑而后识器”，小有成就的贺岁动漫，仍需反复演练提升，多出精品，千万别用令人失望的作品辜负了中国观众的这些美好情结。

参考文献

[1] 郑羽洛 . 韩国古代文学的文化产业化方向 [J]. 河北大学学报 (哲学社会科学版),2015(2):69–74.

[2] 李萍 , 李庆本 .《西游记》的域外传播及其启示 [J]. 徐州师范大学学报 (哲学社会科学版),2009(3):21–24.

[3] 杨艳伶 . 世俗化的正面与背面——大众文化对 20 世纪 90 年代以来文学的影响 [J]. 河北科技大学学报 (社会科学版),2012(1):72–77.

[4] 艾斐 . 文艺创作是文化产业的芯源与引擎 [J]. 东岳论丛 ,2012,(5):143–148.

[5] 王杨 . 中国古诗词在影视歌曲中的运用 [J]. 文学教育 (中),2012(8):100–101.

[6] 朱平 . 论媒体融合视野下古代文学的跨媒介传播 [J]. 杭州电子科技大学学报 (社会科学版),2014(5):62–67.

[7] 晓华 , 张光芒 , 贺仲明 , 何平 , 汪政 . 文学教育的出路 [J]. 文艺评论 ,2005(4):51–56.

[8] 王伟萍 . 文化产业化背景下的传统文学研究 [J]. 中原文化研究 ,2013(6):111–115.

[9] 徐辉 . 关于网络文学电影改编发展趋势的思考 [J]. 戏剧之家 ,2017(12):144.

[10] 张书娟．网络文学与电影的互动性消费[J]. 当代电影,2015(06):184–187.

[11] 黎欢,李简瑗．当下网络文学IP电影的勃兴与中国电影新生态[J]. 电影评介,2016(10):58–62.

[12] 刘念．网络文学电影改编热的原因研究——基于近十年案例的解读[J]. 东南传播,2013(08):42–44.

[13] 黄鸣奋．电影创意：科幻叙事中的网络化生存[J]. 北京电影学院学报,2017(02):37–44.

[14] 刘勇．声音的诱惑与主体的解构：科幻电影《她》的文化分析[J]. 江西师范大学学报(哲学社会科学版),2017,50(06):90–95.

[15] 董春晖．由《金刚狼》系列看美国科幻电影[J]. 电影文学,2017(22):139–141.

[16] 何东煜,付磊．文学是一座塬,电影在塬上——文学经典改编电影的思考,以《白鹿原》、《告诉他们我乘着白鹤去了》为例[J]. 戏剧之家,2016(07):278–279.

[17] 章颜．跨文化视野下的文学与电影改编研究[D]. 苏州：苏州大学,2013.

[18] 王天娇．中国现代小说经典的当代电影改编[D]. 沈阳：辽宁大学,2013.

[19] 任志明．“红色经典”影视改编与传播研究[D]. 兰州：兰州大学,2009.

[20] 朱立元．美学大辞典[M]. 上海：上海辞书出版社，2010:470–471.

[21] 李新祥．数字时代我国国民阅读行为嬗变及对策研究[D]. 武汉：武汉大学，2013.

[22] 周宪．中国当代审美文化研究[M]. 北京: 北京大学出版社,

1997.
[23] 彭定求，等．全唐诗[M]. 北京：中华书局，1999: 三四五卷．
[24] 彭定求，等．全唐诗[M]. 北京：中华书局，1999: 四四〇卷．
[25] 彭定求，等．全唐诗[M]. 北京：中华书局，1999: 四四七卷．
[26] 彭定求，等．全唐诗[M]. 北京：中华书局，1999: 四五五卷．
[27] 彭定求，等．全唐诗[M]. 北京：中华书局，1999: 四八四卷．
[28] 彭定求，等．全唐诗[M]. 北京：中华书局，1999: 五一〇卷．
[29] 彭定求，等．全唐诗[M]. 北京：中华书局，1999: 五四八卷．
[30] 彭定求，等．全唐诗[M]. 北京：中华书局，1999: 六一五卷．
[31] 彭定求，等．全唐诗[M]. 北京：中华书局，1999: 八〇四卷．
[32] 彭定求，等．全唐诗[M]. 北京：中华书局，1999: 八六八卷．
[33] 彭定求，等．全唐诗[M]. 北京：中华书局，1999: 第八卷．
[34] 彭定求，等．全唐诗[M]. 北京：中华书局，1999: 三八六卷．
[35] 彭定求，等．全唐诗[M]. 北京：中华书局，1999: 三九二卷．
[36] 彭定求，等．全唐诗[M]. 北京：中华书局，1999: 五一一卷．
[37] 彭定求，等．全唐诗[M]. 北京：中华书局，1999: 五三八卷．
[38] 彭定求，等．全唐诗[M]. 北京：中华书局，1999: 五四八卷．
[39] 彭定求，等．全唐诗[M]. 北京：中华书局，1999: 五五二卷．
[40] 彭定求，等．全唐诗[M]. 北京：中华书局，1999: 五六八卷．
[41] 彭定求，等．全唐诗[M]. 北京：中华书局，1999: 七三五卷．
[42] 彭定求，等．全唐诗[M]. 北京：中华书局，1999: 七三六卷．
[43] 彭定求，等．全唐诗[M]. 北京：中华书局，1999: 五四八卷．
[44] 项阳．中国弓弦乐器史[M]. 北京：国际文化出版公司，1999：168–173.
[45] 童庆炳．中国古代心理诗学与美学[M]. 北京：中华书局，1992.
[46] 张黔，吕静平．白居易诗赏读[M]. 北京：线装书局，

2007：1–2.
[47] 郑处诲 . 明皇杂录 [M]. 北京：中华书局，1994：46.
[48] 任半塘 . 唐声诗 [M] . 上海：上海古籍出版社，2006：171.
[49] 于春哲 . 白居易诗歌中的唐代琵琶艺术 [J]. 交响 – 西安音乐学院学报（季刊），2004(01)：72–74.
[50] 韩淑德 . 琵琶发展史略 [J]. 音乐探索，1984(2):43–52.
[51] 苏冰叶. 唐代琵琶的演奏技巧 [J]. 民族音乐，2008(1)：9–10.
[52] 朱舟. 琵琶的拨弹与指弹孰先？ [J]. 中国音乐，1982(1)：51.
[53] 汪青. 唐诗与乐器 [J]. 名作欣赏，2007(8)：34–36.
[54] 解金福. 从唐诗中窥探琵琶 [J]. 中国音乐，1987(2)：65–67.
[55] 刘维秦. 唐诗中丰富多彩的乐器世界 [J]. 西安文理学院学报（社会科学版），2005，8(3)：17–20.
[56] 朱晓娟 . 浅谈唐代音乐诗 [J]. 人民音乐，2006(11):41–43.
[57] 中华书局编辑部 . 中华宋词鉴赏辞典 [M]. 北京：中华书局，2008：9.
[58] 王俊奇 . 唐宋体育史 [M]. 北京：人民体育出版社，2000:5.
[59] 孟元老 . 东京梦华录 [Z]. 北京：中华书局，2007:7.
[60] 王俊奇 . 简论宋代节令风俗中的市民体育运动 [J]. 上饶师专学报，1992 (4):74–76.
[61] 文瑾 . 宋代体育娱乐文化面面观 [J]. 兰台世界，2009(17)：76–79.
[62] 刘勰 . 文心雕龙 [M]. 北京：中华书局，2012.
[63] 周振甫 . 文心雕龙今译 [M]. 北京：中华书局，2013.